大方
sight

Eric-Emmanuel Schmitt

Ulysse from Bagdad

来自巴格达的尤利西斯

[法] 埃里克-埃马纽埃尔·施米特 著
周国强 译

中信出版集团 | 北京

图书在版编目（CIP）数据

来自巴格达的尤利西斯 /（法）埃里克-埃马纽埃尔·施米特著；周国强译 . -- 北京：中信出版社，2020.7

书名原文：Ulysse from Bagdad

ISBN 978-7-5217-1824-9

Ⅰ. ①来… Ⅱ. ①埃… ②周… Ⅲ. ①长篇小说－法国－现代 Ⅳ. ① I565.45

中国版本图书馆 CIP 数据核字（2020）第 070254 号

来自巴格达的尤利西斯

著　　者：【法】埃里克-埃马纽埃尔·施米特
译　　者：周国强
出版发行：中信出版集团股份有限公司
（北京市朝阳区惠新东街甲 4 号富盛大厦 2 座　邮编　100029）
（CITIC Publishing Group）
承 印 者：浙江新华数码印务有限公司

开　　本：787mm × 1092mm　1/32　　印　　张：9.25　　字　　数：120 千字
版　　次：2020 年 7 月第 1 版　　印　　次：2020 年 7 月第 1 次印刷
京权图字：01-2018-7330　　广告经营许可证：京朝工商广字第 8087 号
书　　号：ISBN 978-7-5217-1824-9
定　　价：49.00 元

只有非人类才是外国人。

——让·吉罗杜[1]

《埃尔佩诺》

1 让·吉罗杜（1882–1944），法国小说家、剧作家、评论家，人文主义者。作品富有幻想和诗意，文笔机智而奇特。

目 录

楔　子

我叫萨德·萨德，这个名字在阿拉伯语里的意思是*希望·希望*，而在英语里则是*悲哀·悲哀*；随着一周一周，有时是一个钟头一个钟头的时光流逝，甚至于在一秒钟的爆炸里，我的实际情况便会从阿拉伯语滑到英语；根据我感到自己是乐天派还是不幸的人，我会变成希望萨德，或者悲哀萨德。

在出生抽奖时，我们抽到的签有好有坏。如果在美国、欧洲、日本落地，停落下来就完事了：生得一劳永逸，绝不需要重新开始。倘若是出生在非洲或中东，那就……

我常常梦到在我出生前的情景，梦见我成胎以前的那几分钟：那时，我矫正、引导命运的车轮，改变细胞、分子、基因的走向，我使之偏离，以更改结局。不是为了把我变成另一个人。不。只是为了在另一个地方破壳出生。

不同的城市，不同的国度。当然还是那个肚子，这位我亲爱的母亲的肚子，只是这个肚子应该把我安顿在能让我茁壮成长的土地上，而不是在一个二十年后我不得不连根拔起、惨然离去的坑底里。

我叫萨德·萨德，这个名字在阿拉伯语里的意思是*希望·希望*，而在英语里则是*悲哀·悲哀*；我真想遵循我的名字阿拉伯语的意思，遵循这个名字在天宇中绘出的绚烂的许诺；我，作为唯一的活力，十分愿意在我出世的位置上，骄傲地萌发、生长、死亡，就像一棵树，在它的家人中间鲜花盛开，然后，当它走完原地不动的时光历程后，随之发出繁茂的新枝。我会很高兴分享幸福的人们所抱有的幻想，因为不作任何远游使他们无从比较，便以为他们拥有世上最美丽的家园。然而，这样的至福被战争、独裁、混乱、无数的苦难、太多的死亡褫夺了。

每当我望着电视上的美国总统乔治·布什，我就会发现自己缺乏这种信念。布什为自己是美国人而感到自豪，好像他在那里很了不起似的……他并非只是出生在美国，还创造了美国——美国，是的——从他在母亲怀里第一次拉粑粑起就创造了美国，在托儿所里兜着尿布牙牙学语的时候他使之完善，最后，坐在小学的板凳上，他用彩色铅笔把它完成了。因此，成年后，他领导美国名正言顺！不可以跟他提起克里斯托弗·哥伦布，这会把他惹毛的。也不可以对他说他百年之后，美国将继续存在，这会伤到他的。他对自己的出生得意之极，好像这本来就该是他的。他是自己的儿子，不是他父母的儿子，他把人家给予他的东西都归功于自己。如此目空一切，漂亮！如此鲁钝的自我满足，高明！这种把收获归功于自己的虚荣，灿烂辉煌！我妒忌他，就像妒忌所有运气好的住在宜居之地的人们那样。

我叫萨德·萨德，这个名字在阿拉伯语里的意思是希望·希望，而在英语里则是悲哀·悲哀。有时，我是希望萨德；有时，我是悲哀萨德。即便在许多人眼里，我什么都不是。

在这次旅程结束，新的旅程开始之际，我写下这篇文字来为自己辩解。出生在某个不该出生的地方，我想离去；为了得到难民地位，我迅速变换着身份，移民、乞丐、非法入境者、无证人员、无权利者、无业游民，今后指称我的唯唯一用词是偷渡者。寄生虫，这个称呼对我就免了吧。唯利是图者也免了。骗子，更不是。不，就是偷渡者。我不属于任何民族，既不属于我从那儿逃出来的国家，也不属于我想要去的国家，更不属于我途经的国家。偷渡者，我仅仅是偷渡者。在哪儿都不受欢迎，到哪儿都是外国人。

在有些日子里，我竟会觉得自己不属于人类……

我叫萨德·萨德，可这个的确存在的姓氏，我不会再把它延续下去了。栖身在仅有两平方米大的临时居所里，我羞于传宗接代，从而让灾难长存不息。为我来到地球上而欢欣鼓舞的父母亲，对不住了，我将是萨德家族的末代子孙。最后一个悲哀的人，或者最后一个抱有希望的人，无所谓了。最后一个。

童　年

我在巴格达出生的那天，萨达姆·侯赛因因为第一次发现自己头上长出了几根白发而大发雷霆，在官邸里大喊大叫，叫得脖子上青筋暴起。他招来他的理发师，要求他立即把这几根白发用染发油染成鸦翅色。然后，他向手指发抖的理发师宣布，从今以后，要他为些微衰老的迹象负责：他该把眼睛睁大些！可以说，我出生那天，伊拉克逃过了一场灾难。这是致命的还是吉祥的预兆？

我之所以提到这个细节，是因为那位理发师正是我母亲的同父姐妹的表姐夫的姨妈的亲戚。怎么也算是一个家族的……那天晚上，他来我家里庆祝我的降生，禁不住躲在帘子后面，压低嗓门非常高兴地把这件趣事告诉我父亲。但那晚也好，第二天晚上也好，他从不说出这几根变白的毛发长在什么地方，是高耸在头上，还是矗立在总统身体的另一部位，然而，这一疏忽还是确定了侦查的方位，因为谁都知道，在我们国家，男人为了显得性欲长久，会把阳具周围的体毛染黑。

总而言之，我父母有两个欢庆的理由：生了个儿子；暴君在衰老。

我被当成奇迹来迎接。正常：四个女孩，我是他们已经不敢再期待的男孩。晃动在我胯间的粉红色面条引来阵阵狂喜的呼喊，我那细小的生殖器官重又点燃起王朝的希望。我还没有说一句话，还没有做成一丁点儿聪明的事，便得到了尊敬。才出生几个小时，我便启动了一次值得纪念的盛宴，导致了第二天具有历史意义的消化不良，甚至嘴巴麻木。

我幼年时极其受宠，因此，我比跟我同龄的孩子更晚才明白我的同胞在怎样活着——或者怎样不活。

我们在一栋米色的窄楼里有一套住房，离我父亲当图书管理员的中学仅一箭之远。显然，学校是复兴党[1]的学校，图书馆是复兴党的图书馆，同样属于复兴党——这是总统党的另一种说法——得有电台、电视台、游泳池、健身房、电影院、咖啡馆……我父亲补充说，甚至还有妓院。

1　全称阿拉伯复兴社会党，主张建立单一的阿拉伯社会主义国家。这个党在叙利亚和伊拉克极为重要。1963年在伊拉克短暂掌权，1968年再次掌权。

在生活中，我仿佛一上来就有了三大基本要素：我的家庭、真主和总统。在写下这句话的时候，我发现，就因为我现在离那里远远的，才胆大包天，敢按这样的顺序排列基本要素，因为这在那个时代足以把一个伊拉克人送进监狱。最好按这样的顺序排列：总统、真主、家庭。

到处张贴的总统画像监督着我们的日常生活，我们的教科书最显著的位置上印着他的照片，公共机构里悬挂着他的脸，私有商铺也一样，从酒吧到餐馆，包括布匹店、餐具店、食品店。出于信念、谨慎或怯懦，每个人都在展示阿拉伯引路人的头像。镜框里的萨达姆·侯赛因印刷像比任何护身符都灵验，它显然是最起码的免遭厄运的自我保护手段——尽管不足，却是必不可少的那一点点，因为，任意的逮捕和毫无缘由的监禁比雨滴还多。我则一直以为总统正通过他这些人像注视着我们，他不只是刻印在大墙上，不，他确确实实地就在那儿，在我们中间。他印出来的眼睛后面藏着摄像机，他的纸耳朵掩盖着听筒，萨达姆窥探着我们在他的复制件周围的一言一行，萨达姆什么都知道。像许多伊拉克小学生一样，我认定了萨达姆是全能的。合情合理：他什么样的能耐都有。

时不时地便有一些人失踪，即使他有家，有妻儿老小，可是突然之间他们便杳无音讯。这有两种可能：或者这些人参加了反对萨达姆·侯赛因的抵抗运动；或者因为反对萨达姆·侯赛因而被抓被关，受到严刑折磨，然后被杀死了。谁都不会去考证这两种设想，因为追查真相太危险了。因此，消失的就随他消失去吧，人们并不知道他们是去原库尔德斯坦[1]的大山里藏起来了，还是被丢进酸液里化掉了。

孩提时期，我认为这种事情既残酷、恐怖又正常。按照幼稚的思维逻辑，我认定凡是我看到的现象均属正常，我被维系在让我害怕的怪物身上。听惯了残酷的故事，再加上我父亲讲述的古老传说，像吉尔伽美什[2]的经历，我想象中的命运专横、黑暗、可怕，我难以想象没有萨达姆·侯赛因，没有他的专制制度，他的任性、仇恨、怨怼、性情偏狭、反复无常，世界会是怎么样的。他让我醉心，像惧怕他一样强烈地爱他。在寓言世界和现实生活之间唯一的区别是，在这里，书页之外，远不是被施了魔法的王国里，吃人妖魔叫萨达姆·侯赛因。

远不同于使我害怕的萨达姆，我的家庭给我的是安全感和运气。一方面，我确实感受到被爱；另一方面，四个姐姐、一个应付不过来的母亲和一个古灵精怪的父亲，使我总是带着好奇心。我们家里总飞扬着喧闹声、嬉笑声、歌声、恶作剧、真诚的亲吻、开玩笑遏制着的叫喊声。我

---

1 包括伊拉克北部的西亚地区名，主要由库尔德人居住的大片高原和山地组成。

2 据阿卡德语重要文学作品《吉尔伽美什》描述，吉尔伽美什是个半神半人的英雄，精于土木，勇于争战。

们那么缺钱、缺办法，以至于什么都成问题：伙食、出门、游戏、请客，可我们乐于应对这些困境，甚至加大它们的难度，因为，按照极其东方的习俗，我们喜欢把让我们厌烦的简单的事情复杂化。外来的旁观者尽可把萨德家的运转说成“歇斯底里”，没错，只要他把歇斯底里带来的极度的幸福包含在内就行。

我父亲说话方式怪怪的，搅乱了我们的安排。作为图书管理员，精明的读者，学识渊博、爱好幻想的人，他把在书中思索的癖好和贵族言语紧密结合起来。就像痴迷诗歌的阿拉伯文人，他经常喜欢接触“高海拔”处的语言，在这个高度，夜晚被称作“落到宇宙空间的黑暗大氅”，面包是“面粉和水松脆的婚姻”，牛奶是“反刍类动物的蜜”，牛粪是“牧场上的薄饼”。他叫他的父亲“我岁月的创造者”，叫他的妻子也就是我们的母亲“我多产的源泉”，而他的子女则是“我的肉中肉、血中血，星星的汗水”。我和我的姐姐们刚到能迈动脚步的年龄，我们的举止表现和普通孩子一样，我们的父亲却用一些罕有的词语描述我们的行为：我们吃东西叫“进食”，小便叫“浇灌道路上的尘埃”，我们进盥洗室的时候是在“回应本性的召唤”。然而，这些五彩缤纷的迂回说法并不构成清晰的信息，因为，那烦琐的表达方式总是让听者目瞪口呆，尤其在我们，他的后裔这儿。可敬的萨德老先生恼火了，对如此的缺乏文化修养怒不可遏，耐心消磨殆尽，当即把他的想法翻译成最粗俗的词语，认为即便是对驴说话，也不过如此。就这样，他从“这和我没什么关系”到“不在乎”，“别再用花言巧语迷惑我，滑稽的小淘气”到“你作弄我，小屁孩”。确实，我父亲不知道日常用语，他只会使用极端的存在于两个隔着最大距离的层面上的语言，贵族的和最粗俗的，从一种跳到另一种。

我记得有一个一月的星期六，那天，我们要去住得很远的一个舅舅家，起得很早，父亲边刮胡子边问我：

“怎么样，我的儿子，你像神圣的尤利西斯[1]，在长着玫瑰手指的晨曦前战栗，是不？”

“什么呀，爸爸？”

“早上五点钟没把你的鸡巴冻掉？”

结果是，我极喜欢和我们的父亲做伴，他的表达方式充满了形象性。

对我的母亲，我印象中似乎没有要被迫听从她，因为我爱她，爱得不管她作出什么决定我都同意。我们是两个身体一个人：她的希望便是我的欲望，她的叹息能让我泪水涟涟，她的快乐叫我欣喜若狂。

1　荷马史诗《奥德赛》的主人公奥德修斯的罗马名。伊萨卡国王。攻打特洛伊时他献了木马计。《奥德赛》的主题便是讲述特洛伊战争后，他回伊萨卡的经历以及他如何收复国土、合家团聚的故事。小说主人公萨德也将经历千难万险，不过，他的旅程不是回家，而是离家。

尽管这种奇特的默契让姐姐们惊讶，她们却表示尊重。由于我是唯一的男孩，而她们设想，她们将来还得在唯一的男性身边生活，她们便用性别来解释我的特殊地位，所以并不嫉妒我。相反，她们争相邀取我的喜爱。

因此，不难理解我在天堂里成长。在这个美妙的小天地里，住着些忠诚的女性和一个滑稽的父亲，真主是过客，独裁者则被我家的墙壁隔在相当的距离之外，家庇护着我的幸福，一直到我十一岁。

如果说童年时期我还能将就那些专横的主子，少年时代我便在驱赶和仇恨他们了。我的政治觉悟随着体毛生长。

我舅舅纳吉布，我母亲的兄弟，有一天早上被总统的手下带走了。他被监禁，受了一次刑，又被关进大牢，第二次受刑，再次被丢进囚室，挨饿，最后，过了五个星期，他被丢在大街上，虚弱、伤残、浑身是血，成了只能喂饿狗的骨架子。幸好邻家女子认出了他，赶走了那些畜生，并及时告诉了我们。

在家里，我母亲和姐姐们尽心竭力给予纳吉布悉心的照料，以求他快快痊愈，尤其是他已经失去了一只眼睛和一只耳朵。纳吉布发着高烧，说着胡话，一阵阵地做着噩梦。纳吉布呻吟了好几天才恢复语言功能。他给我们讲述了他的遭遇。他的叙述显得很简略：曾有几个大高个儿侮辱他，不给喝水，不给食物，打了他几个钟头，避而不谈他有什么可以被指责的。“叛徒”“间谍”“美国人豢养的猪”“以色列人收买的无赖”，这便是他在被皮带抽、被脚踢、被钉了钉子的橡皮棍捶打之间听到的寥寥几个词。在我们那儿这是极为普通的侮辱。纳吉布猜到他们认为他有罪，可是，是什么罪？他痛得无法忍受，便请求折磨他的人指个方向，答应他们想要他承认什么他就承认什么，是的，所有的罪孽，只要不再让他吃苦头。没用！纳吉布让他们失望，这便是他在疼痛中唯一的感悟：折磨他使折磨他的人失望。

他被逐出监狱，他的释放并没有比他的被捕有更多的理由。

我们了解纳吉布舅舅，他是个拖鞋绣花工，我们知道他浑身上下没有一丝一毫会惹人怀疑的地方，因为他既不是库尔德人，也不是犹太人或什叶派，他跟以色列没关系，他不喜欢美国，跟伊朗也毫无联系。他何罪之有？他唯一唯一的罪过就是被怀疑上了。

这样的话，我们全都成可疑分子了……

再说，纳吉布舅舅的受苦不正属于维持恐怖统治所做的有意识的、结构上的、系统性的尝试吗？在阴鸷的总统眼里，所有的伊拉克人都值得怀疑，是的，全都可疑！“你们要是阴谋反对萨达姆，我们，萨达姆的人，我们总能知道。有时我们搞错了也不要紧，错杀一个无辜总比让罪犯逍遥法外好。谁听不进去就活该倒霉。你们只能俯首帖耳，保持沉默。”

十一岁时，我对我们国家遭受的不公正待遇有了一些了解，我对此变得敏感起来，反抗在我变得宽阔的胸膛里挖出一个位置。那时，我下了决心，我可不同于纳吉布舅舅，我会给予总统的人以怀疑我的正当理由，如果有一天，他们逮住了我，用电流电我，把我的脑袋按在浴缸里直至快溺死，他们折磨我不会是毫无理由的，因为我那么积极地跟他们抗争过。

有一个星期四，父亲从我房前走过，发现我正忙着用拳头捶打墙壁。可以肯定的是，我的关节受到的损害比墙壁大，我的战斗搞错了敌人，可我仍在击打，停不下来。

“我的肉中肉，血中血，星星的汗水，你这是在干吗？”

“我在发火。”

“你在生谁的气啊？”

“萨达姆·侯赛因。”

“住口。跟我来。”

他牵住我的手，把我带到房子下面整理出来的一个小偏屋里。我在那里发现了父亲的宝藏——书，几年前有人让他从图书馆里撤下来的书，他没有把它们送到部里去销毁，而是留了下来，存放在我们地下室的好几格架子上，藏在一些旧羊毛毯后面。

那里有好几类禁书，有的因为是库尔德人写的，还有的是习俗不允许的，还有基督教的。滑稽可笑，一些常常走极端的作品——宗教讲道或色情故事——在复兴党审查机构看来，越过了同一条红线——教唆罪的红线，以至于波舒哀主教[1]和萨德侯爵[2]在卑鄙下流上成了兄弟，他们在地狱里，都会被判处进火炉，就像两根烤肉签子一样被放在一起。由复兴党领导的这场书籍大搜捕，好就好在只需要那么一点点借口就能把某种出版物列入黑名单，让我父亲得以回收一大堆，他坐拥着最优秀的欧洲文学作品，法国的评论、西班牙的诗歌、俄国的小说、德国的哲学，还有独霸两格的阿加莎·克里斯蒂[3]的推理故事，列入禁书名单的借口是伊拉克不久前曾受英国统治，必须把英国最有名的女性小说家清除出去。

在让我进入他的藏宝处的同时，父亲结束，或者应该说，开始了对我的教育。他为祖国自豪，热爱它丰富多彩的千年历史，说起尼布甲尼撒[4]来就像昨天还见到过他似

1 波舒哀（1627–1704），法国主教、神学家，以讲道及演说闻名。

2 萨德侯爵（1740–1814），法国贵族出身的哲学家、作家和政治人物，是一系列色情和哲学书籍的作者，以色情描写及由此引发的社会丑闻而出名。

3 阿加莎·克里斯蒂（1890–1976），英国作家，著有大量推理小说，代表作品《东方快车谋杀案》《无人生还》等。

4 尼布甲尼撒二世（约前634–前562），是位于巴比伦的迦勒底帝国最伟大的君主。他因在巴比伦建成著名的空中花园而为人赞颂。他曾征服犹大王国和耶路撒冷，并流放犹太人。

的，他仇恨现在的制度，保护这些书籍，使他觉得自己在对抗着被他看成篡权者的萨达姆·侯赛因，延续伊拉克发明了文字的渊博的文明传统，并且表现出了对外国文化的渴望。他把他的地下图书馆称为“我的袖珍巴别塔[1]”，在他看来，那完全就是从前全世界观光客、朝圣者们用许多种语言加以诠释的巴比伦通天塔的缩微。

从那天起，我爱上了阅读，或者说爱上了自由，这两样东西是相等的，并且我在少年时期便学会了辨认中学时代往我们的脑子里灌输的意识的填充物，学会了自我保护，并力求以不同的方式、自己的方式思考问题。

姐姐们结婚了。那段时期，我明白了，尽管我生长在女人堆里，我却不是个女孩。因为女孩们脑子里想的就是这个——结婚，这个想法困扰着她们：想象称心如意的求婚者的模样儿，然后，一旦有了未婚夫，便准备婚礼；婚礼后她们便要离开老家了，是的，正是在这一点上不同，然后，她们开始献身于婚姻；献身于婚姻，不是献身于丈夫，因为男人，和所有的雄性动物一样，还有别的事要干，他们劳动、讨论，他们要和玩着骰子、多米诺骨牌，下着棋的朋友们围着薄荷茶聚会。是的，女孩们就是这样，我那四个姐姐也逃不过这个惯例。

1 《圣经》中诺亚的子孙没有建成的通天塔。

“家族扩大了。”我母亲大声说道，眼泪却顺着脸颊往下淌，这句话意味着“家里走空了”。她并不知道她的话正确到了何等程度，她远没想到我们的图书馆，那个“袖珍巴别塔”也越来越空了，因为，我的父亲——普通职员——为了办理婚事庆典，冒着风险，卖掉了那些禁书。

一九九〇年八月，萨达姆·侯赛因发动对科威特的战争时，我已经有了两个姐夫——阿齐兹和拉奇德，三个外甥外甥女。

这次出征失败了，不仅如此，我的姐姐们还披上了黑纱，她们的丈夫在战斗中倒下了。她们成了寡妇，带着婴儿回娘家生活。我父亲借口重新安排房间，卖掉了几件家具。

这时，经济封锁开始了。作为对萨达姆·侯赛因侵略政策——我同意这一指责——的报复，联合国决定对伊拉克实施禁运。

我不知道，富足、大腹便便和义愤填膺的政治家们决定制裁的时候，有没有片刻想到我们伊拉克人，我们怎么受得了——我对此表示怀疑，这是我好不容易为他们找到的唯一的托词。被认为沉重地压在萨达姆·侯赛因身上的禁运制裁，其实只是压在我们老百姓身上。第纳尔贬值一千多倍，我们去购物结账得带着用垃圾袋或纸板旅行箱装的一摞摞旧纸币。况且，有什么东西可买的？没什么东西出售。许多市民回乡下生活去了。没有政府每个月发放的那包东西——面粉、食用油、茶叶和糖——我们真会饿死的。幸亏有定量分配，我们熬一熬也就算了。可是，在巴格达，到处是一片恐怖，越来越恐怖，不只是怕萨达姆·侯赛因，不，家里要是还有什么财产没换掉，就怕晚上被盗：出租车司机睡车子里，屁股下放一把枪，车库门还得锁好；各家各户实行轮流值夜，免得被人偷走一袋米、一箱土豆。最让人感到害怕，在每个人心灵深处转悠不息的，就是怕病倒了。

这便是发生在我姐姐的孩子们身上的事情。受到失去配偶的打击，年轻的母亲们还能提供健康的乳汁吗？她们会释放出传染性的悲哀和焦虑吗？她们的孩子从感染发展成了持续性腹泻。

每次，都是我陪伴母子们去诊所。第一次，医生给我们开出的处方显得分量不足，缺少对症的药物。第二次，小女孩在他面前咳出了血，如果不是偷偷塞钱给他的话，他甚至拒绝治疗。幸好我母亲把她结婚时的一件首饰拿去当了，我们救了她。第三次，医生对我们说，就算用手推车给他送去酋长们的黄金，他都弄不到必需的药品，国内缺货——无辜的孩子死了。第四次，医生独自一人在空房间里，手肘支在窗棂上，他的同事们都丢下诊所去了国外，护士们也因为搭不到车来不了。他在等一个想把他的听诊器买下来的病人，好用卖掉的钱给家人买食物。小男孩也死了。

几年工夫，我大姐在战争中失去了丈夫，然后，因为禁运，又失去了她的女儿和儿子。她心灰意冷，脸瘦了下去，肤色灰暗，两眼无光，才二十五岁就像个老太婆。

任何从这段时期过来的伊拉克人——确实，最先死去的是孩子们——都会肯定地告诉联合国的先生们，用禁运惩罚一个已经处于水深火热之中的民族和巩固这个民族的领导人的地位，是再好不过的办法了。这是给痛苦糊上水泥！用混凝土加固专制制度！禁运前，人权在伊拉克就不被尊重；在十年禁运期间，它依然不被尊重，可还得加上找不到东西吃，求医难，脊髓灰质炎猖獗，偷盗现象成倍增长和腐败的泛滥。禁运在剥夺独裁者的权力，从而卸下他全部责任的同时，证明了他的无罪——食品缺乏，这是禁运的错；修理迟缓，这是禁运的错；大工程停了，这是禁运的错。禁运远没有使迫害者虚弱下去，适得其反，萨达姆·侯赛因重又变成了神人，变成伊拉克抵抗野蛮敌人唯一唯一的依靠。而让我们的人民遭受更加深重的苦难后，那些狡猾的政客却在他们国内心安理得地颐养天年，我可以肯定，他们风风光光，为人道行为获得荣誉勋位，享受着绝不会受到由他们造成的恐怖惊扰的酣梦。

在这段时期，我曾有几次抱有去欧洲或美国的想法。我无精打采地思考着这件事，没有欲望，几乎是懒洋洋的，就像考虑数学题的解答方法，因为我曾注意到那些有个把成员在境外的家庭能更好地应对物质的匮乏：信里夹带两美元便能改变命运。我向父亲说出了这一想法。

“你不认为我在别的地方更能有所成就吗？”

“成就什么呀，我的孩子，我的肉中肉，血中血，星星的汗水？”

“我的职业。律师或者医生，不管是什么。我移民出去怎么样？”

“孩子啊，移民有两类：一类人带上太多的行李，另一类人出去时行李很轻。你属于哪一类？”

“嗯……”

“带上太多行李的人以为，挪动中，他们能把事情安排得妥妥当当，实际上，对他们而言，事情永远都安排不了。为什么？因为问题在他们自己！他们带着问题走，他们见见世面，呼吸新鲜空气，既没有解决问题，也不作正面对抗。这些移民，移动却不变动。他们跑再远都没用，因为他们没有摆脱自己。他们在别的地方的生活和在这里一样绝对会受到挫折。这是些不成功的移民，身负着好几吨重的过去，带着刚刚触及的困境，不敢承认的缺陷，以及掩盖起来的机能不全，逃往别处。”

“另外那些呢？”

“他们轻松旅行，因为他们有所准备，灵活机动，善于适应，精益求精。他们知道利用环境的改变。他们是能获得成功的移民。”

“怎么知道自己属于好的一类还是坏的一类呢？”

“在你这个年龄，要做出判断还为时过早。”

我不再说起这件事，也不再去想它了。课程越来越少，老师们逃往约旦之前，我们还在学习，没有笔记本和铅笔，就蹲在教室地上，三十个同学合用一本课本。课间，我便去各班门口卖乳香叶，好弄几个第纳尔回来，我热衷于给国家添乱。

有传闻说起萨达姆·侯赛因的身体状况。有一天，有人说他被诊断出得了癌症；半年后，有人说他被心肌梗塞击倒了，然后又有人说是一种极为罕见的病毒毒瞎了他的双眼；最后有人说脑溢血使他瘫痪，卧床不起了。然而，他最近的照片或在电视上再次露面戳穿了这些消息：人民的引路人活得滋润着呢，他毛发乌黑，腹肌被一件塑身马甲绷得紧紧的，他胖了，神采奕奕，不知饥饿为何物。有些人不信邪，不顾明显的事实，还是信誓旦旦地说：“别天真了，这是复兴党给我们看的替身，是总统许多替身中的一个。”专制暴政却不会是假的……尽管有一次次的辟谣，传言却一再兴起，迅速传开，构成我们的氧气，貌似短暂，但是带着残剩的希望——摆脱他的希望。制造这些传闻的人在进行反抗，不是实干的反抗，那太危险，而是臆想的反抗。他们总是把肿瘤投放在萨达姆·侯赛因的要害部位，很是随机应变地确定癌肿的位置，那些我们希望看到他患病的部位，特别是他的咽喉、大脑，提到次数最多的还是结肠。

如果，还是没有疾病来结束独裁者的生命，便有人私下偷偷说，也许美国人会以武力来对付他，他们会进行到这个程度吗?

即使美国人不是一种疾病。

尽管……

还是不要异想天开了。

蕾　拉

就在他的人民都快饿死了的时候，萨达姆·侯赛因却在建造他的新官邸。

他还喜欢哭泣和抽雪茄，让人永远都搞不清楚他的眼泪是烟熏出来的，还是哪种人类情感的泛滥。

“我的肉中肉，血中血，星星的汗水，萨德啊，我发现自从尼布甲尼撒以来，我们国家产生了许多热衷于统治的国王，对公民需要无动于衷的穷兵黩武的征服者；萨拉丁[1]和萨达姆·侯赛因最终扩大了这个名单。好吧，我以为我找到这种情况的原因所在了……”

“是吗？”

“是因为棕榈树。”

1　萨拉丁·阿尤布·本（1138–1193），中世纪穆斯林世界著名军事家、政治家，埃及阿尤布王朝首任苏丹。

“棕榈树？”

“棕榈树。伊拉克所有的问题都来自棕榈树。”

“啊……”

“我甚至可以进一步说：棕榈树是涉及阿拉伯世界的问题的根源。”

“你开玩笑的吧？”

“我们以为是政治上的困难，实际是园艺上的。如果说我们要进入民主政治很费劲，这是因为棕榈树。”

我等待父亲下决心作出解释，跟他说话，一点点小事他都要绕几个弯子，让人充分体会体会卖关子的功效。

“人类历史上最早的议会形成于靠近北极圈的冰岛，在一个冰天雪地的山谷里，这并不令人奇怪，因为那里没有棕榈树啊！你还记得不？那是在九世纪。”

“我记得，就像那是昨天的事情，爸爸。”

“在我们所处的纬度上，这显然是不可能的。”

“因为棕榈树的缘故！”

“就因为棕榈树，儿啊，我的肉中肉，血中血，这么了解我的神奇的两足动物啊。在我们这儿，棕榈树作出了坏榜样。说实在的，棕榈树是怎么长高的啊？只有砍掉它的下面部分，它才能长到天上去。它以这个为代价，往上爬升，在蓝天里威风凛凛地君临天下。每个阿拉伯君主都把自己看作棕榈树，为了自己的挺立和发展，他砍掉他的人民，从中脱离出来，跑得远远的。棕榈树有利于专制政治。”

“同意。那我们该怎么办呢？买些除草剂吗？”

他笑了，给我们斟上茶。

隔壁房间里，姐姐们和我母亲在闹哄哄地筹备两场新的婚礼，她们心无旁骛，不受男子汉们谈话的感染。

“尼布甲尼撒、萨拉丁、侯赛因……我们缺的是平庸无能之辈。从伊拉克的黎明起，我们的领导人就实施伟人崇拜。”

“爸爸，我看不出萨达姆·侯赛因有什么伟大之处！”

“偏执狂。在这方面他超过我们每一个人了。”

我父亲就像突然被感染上了什么，忐忑不安地压低了嗓门，他环视一下只有我们俩的阴暗的房间，继续说道：

“再没有人知道他住哪儿、睡哪儿，他那么怕遭到刺杀。替身代他出现在公众场合。以前，他用恐怖让反抗者气馁，现在他出席公共场合的无法预测让反抗者不敢作为。”

“我知道。”我叹了口气，没有告诉他我在大学里已加入一个地下抵抗小组，我们在小组里雄心勃勃地要杀掉萨达姆·侯赛因。

“屠杀过他的敌人后，他杀害反对他的人，然后是他的朋友，然后是他的合作伙伴；今天，他的圈子已经缩小到他的近亲家族；我等着他把他们也结果掉的时刻到来。”

“这是萨达姆给我们留下的最重要的经验：在最糟糕的时候，我们总能做得好一些！”

我们放声大笑。我们经常拿专制政治开玩笑，笑也是一种生存策略。

我父亲前额皱纹纵横，他接着说下去：

“这便是我们国家被他摧毁了的东西：信任。因为他不相信任何人，他建起了一个很像他的社会，一个人人自危的共同体。在这个共同体里，每个人都怕被出卖，公民在监督旁人的同时自我检点，靠近你的人离你远远的，不讲信义，告密者是个潜在的敌人。这个偏执狂患者把我们都传染上了，伊拉克病得比他还厉害。如果这种情况不再存在，我们还能治愈吗？”

战争的阴影笼罩着整个国家。

自从恐怖分子袭击美国，撞毁两座大楼，收割了楼里三千多条生命以来，我们两眼望着蓝天，进行着美国军队进攻的倒计时。当然，伊拉克人跟二〇〇一年九月纽约两座大楼的倒塌没有直接关系，然而，我们感觉到，这一丑闻使布什总统师出有名，在对付完阿富汗之后，他会把矛头指向我们。

和我的同学们相反，我希望如此。

和我的同学们相反，登陆我国的美国大兵在我看来可能是解救者。

和我的同学们相反，我从未对美国抱反感的态度。父亲的藏书，我们的“袖珍巴别塔”阻止了这种偏见在我身上生根。

在得利斯后店堂的秘密会议上，我保持沉默。我知道，没有一个大学生会理解我，因为，他们没能从不同的书籍中得益。虽然他们想要除掉萨达姆·侯赛因，他们对美国的憎恶却构成了他们政治素养的主要部分，对现状不满的部分。

因为，暴君施展出一条狡诈但有效的计谋：爬到顶峰后，他只让一种意识形态自由发展——反美主义。这种怨恨，他既不支持，也不压制，他放弃了对此的控制，那是他丢给人民的一根骨头，人民可以想怎么啃就怎么啃。不时地，如果这有助于他的意图，独裁者便说服伊拉克人，他与他们同仇敌忾：以前，他利用反美主义反对伊朗，偶尔也用来反对阿联酋，长期用来对付以色列；现在，布什威胁到萨达姆和他的核计划了，他便动用这种憎恶来混淆视听，使自己在我们这里重新获得合法地位，这样，他最可怕的对手便和他有了一个共同的敌人。

在大学里，只有一个人看出了，或者不如说嗅出了我沉默下的立场。那便是蕾拉。我可以打赌，她接受了我的观点。

蕾拉让我着迷。她在家里有四个哥哥，她像是我的翻版，我是在四个姐姐后出生的。由于总由男孩子们带着，她轻松地便融入了我们的小组，当她不去听她的法律课时，她便来咖啡馆找我们，在那里，我们总要泡上几个钟头挥斥方遒。

她是个烟抽得很厉害的女孩。

谁只要看到蕾拉指间夹起香烟，以轻快的动作把烟放到颤动的鼻翼下嗅一嗅，把打火机凑上去，双眸放光，伸长脖子，脸上挂起等待的神色，噘起的嘴唇仿佛在低语“你瞧着吧，我的美人，你一点着，就会散发出多香的气味”，便知道和欢乐相约是什么样子了。点点火星，轻微的爆裂声，甚至还有烟纸欢快的呻吟。然后，蕾拉把烟卷拿到唇边，认真得像乐师似的吸着，阖上眼皮，仰起脖子，让人觉得仿佛卷烟深入了她的身体；一阵挛缩，几下抽搐——她挺起胸脯，双肩靠在长沙发上，张开双膝——让人感到她的全身都在召唤着、接纳着、吸收着烟雾，允许它的蔓延。当她重新睁开眼睛的时候，她睫毛闪动，瞳孔扩大，战栗着，神色惊讶，双颊绯红，让人想起和苏丹共度良宵的宠姬——就像时间紧迫，她怕来不及重新穿上衣服。接着，夹烟的手从嘴巴前过去，她的嘴唇吸引住烟卷，把它叼住，烟从她的喉咙、鼻孔出来，缭绕、飘荡、飘荡，白得豪华，和它从中逸出的深色烟草恰成对比。

几个小时里，蕾拉吞云吐雾，就像扑上海滩的浪涛一样地有规律，这样的场面每次出现，都像被第一次看到那样令人愉悦。

过了一会儿，她仿佛重又发现我们在那儿，于是她把扩大的瞳孔聚焦到我们身上，好让我们觉得，尽管她借这支烟进入遐想，她却一直在倾听着我们，她支持我们，她喜欢在我们中间。虽然她很少开口，但却听得酣畅。每个人都在渴求她茶褐色的眼睛放射出赞同的目光，没一个男孩不寻求她的允诺便开始侃侃论述，如果我们即席发表振振有词的演讲，那是为了得到她的赞赏：她的沉默比我们的言辞更富才智。

我们需要她，需要她在那儿，在我们中间，她细小但是最为重要，就像果核。

大家一定会想到，我们全都有点儿爱上她了，而我则非常爱她。

由于害怕遭到拒绝，我没有表白我的爱情，我满足于投去火热的目光，延长触及她双手的时间。常常，我凝望着她发出一声长叹，从她突然闪现在瞳仁里的微光，我感到她接受了我的信息。

有一个同学不像我这么谨慎。

那是在有一天傍晚，我一直把她送到她家路口时，她告诉我的。她对我随口说出挂在嘴边的信息，仿佛它极为普通。

“巴施尔向我求婚了。”

我在马路上愣住了，接着，大声嚷嚷道：

“什么时候？”

她耸耸肩，为我的反应感到惊讶，想了想。

“上星期五，早上十一点半。要不就是十一点三十一分，甚至三十二分……也许是十一点三十三分……你要我找他问一下确切时间吗？”

我不好意思地耷拉下脑袋。

“你干吗告诉我这件事？”

“你问得对，”她还嘴道，“干吗呀？”

她朝我嫣然一笑。我转过脸去，下巴哆嗦着问道：

“你打算怎么办？”

“你说呢？”

我极不耐烦。她对我的每一个问题都要提出反问，想由我来揭开底牌。对一个恋爱中的男孩，这太微妙了。几近于残酷。

“蕾拉，你是不是急着要嫁出去？”

“为什么？你有办法？”

我开始领悟她的策略，可我难以相信她会这样向我伸手求救。我责备自己想入非非。

“你什么时候给他答复？”

“也许哪个星期五早上，十一点半。办这种事情，这是个大吉大利的时间，不是吗？”

我装作一心观望漂浮在萨达姆·侯赛因巨幅画像上的一朵白云，那幅画像上停着三只黑色的鸟。

“那你打算怎么答复他？”

“看情况，萨德。”

“看什么情况？”

“看我怎么想。还要看帮我作出决定的因素。”

“是吗？”

“是的。比如，取决于你。”

“取决于我？”

“取决于你。你对此是怎么想的？”

“对巴施尔怎么想？他是个蠢货！”

她幸福地莞尔而笑。

“巴施尔，你最要好的朋友之一，是个蠢货？”

“地道的蠢货。”

“他从什么时候开始成蠢货了？”

“他从上星期五十一点半，或者十一点三十一分，甚至三十二分……消息来源不同。”

她爽朗地笑了。她挺在意。在表达情感方面，我从没跑这么远过。我以自己的方式坚持说：

“这个巴施尔，狗胆包天！阴险的家伙，不跟我们说一声，背着我们，偷偷表达爱情。”

“为什么？他还得给你们发一张请柬吗？”

“他知道我们中间有许多人……都……”

“都什么了？”

“都像他那样……爱上你了。”

她一个哆嗦。

“这件事做得不光明正大。他抢在我们前头下手。”

“我们？”

“我们。”

我热得快晕过去了。尽管我知道我该说什么，可就是说不出口。毫无法子。那句话说不出来。

她等了等，然后，料定我打不破我的谨慎了。

“那你呢，萨德，你还需要什么才能使你有勇气向一个女人表白自己的爱情啊？”

“一场战争！”

我毫不思索，脱口而出。

她松了口气，仰起脑袋，吸吮着苍穹。

“太好了，战争不会等太久的。再见，萨德。”

“再见，蕾拉。”

那个晚上，我一直都睡不着，她也一样，第二天她的黑眼圈向我证实了这一点。

这以后，我们聊天的时候并没有比前几个月更多，然而，在我们之间，从此存在着一个秘密，它使无语因为欲望而浓重，因为未来而丰富，像箭射出去之前绷得紧紧的弓弦：我们共享着给予彼此最大希望的沉默。

美国通过布什总统的声音显得咄咄逼人。就连萨达姆·侯赛因都感觉到了危险，因为，为了避免——或者推迟——对抗，他同意让受命证实伊拉克并不拥有核武器的联合国专家们踏上我国的土地。

他们在视察结束后写了一份报告。布什不相信他们否定的结论。我们也不那么相信。我们以为萨达姆掌握着最具威力的武器，否则，我们受那么多罪干吗来着？唯一能为这个沉重地压在我们身上，已经使一部分人丧生的强权辩解的，是它的强大，它最最强大。在我们之间，我们交换着道听途说的消息：萨达姆当然有原子弹，他藏着掖着呢，太好了！

因为，除了一群和平主义者和一些为儿子担心的母亲，大家都盼望着打仗。

经过了十年禁运，我童年时的巴格达到我二十岁时已面目全非。虽然街道还是那么宽阔，却已是冷冷清清；偶尔见到旧的士驶过，车顶上高高堆起床垫和袋子，它们从约旦运回这边见不到的食品；在一些废墟外面，难得看到还称得上汽车的车子，冒着风险在城里行驶，它们装上了铁甲，不许触摸，属政府显要所有。曾是伊拉克的骄傲的医院，如今却令人联想到沉没的邮船：生锈的电梯，用旧的设施，肮脏不堪的大厅，空无一物的药房，幽灵似的人员。哪儿都变得无法开展工作，不只是因为每天停电八小时，还因为货币贬值，工资被挤兑得毫无价值。我们在马路转角发现我们的大学老师在卖汽水和小包饼干；我们的父母低价卖掉了他们拥有的珍贵物品——首饰、图画、小玩意儿、书籍。卖完了客厅里的家具，有的开始卖洗碗槽、窗子、门扉，廉价处理；我们居住在寒冷、阴暗、空无一物的屋子里；水龙头里放出来的水如果没经过过滤和烧开，我母亲就不会去用，那水被不能再使用的管道系统污染了；再说，没有食物，她也很少有做饭的时候；她和我的姐姐们倒是整天忙着倒腾一只萝卜，做一种没什么内容的沙拉，或者一条没肉的腿，我们美其名曰“羊羔腿”，但说不准是猫腿还是狗腿。由于猎食耗子和家畜，从我们那个区穿过去变成了对鼻子的考验，在堵塞的下水道和废弃的净化站模糊混杂的气味之外，还有从每个阴暗角落被掏空的尸体、任由腐烂的骨架与弃置的动物尸体分解时散发出的强烈气味，使整个这片区域臭气熏天。

“让美国人来扔炸弹好了！还能比现在更糟糕吗？我们已经没什么可丢的了。”人们嘀咕道。不管是萨达姆的拥护者还是反对者，也不管伊拉克打得赢打不赢，大家一致的想法是只有战争才能结束禁运。

除此之外，意见就有分歧。

怎能不是这样呢？我们各人情况不同啊。

还有更加严重的：我们每个人自身就有几个不同的面貌。

我本人是谁？伊拉克人？阿拉伯人？穆斯林？民主主义者？儿子？未来的父亲？热爱公正和自由的人？大学生？无党派激进主义者？恋人？全都是。然而这多重的身份同时发出声音就难以听清了。一个人能发出几种声音，就看他想让自己身上的这个还是那个嗓门说话。我该让哪个嗓门优先说话呢？如果我把自己首先看作伊拉克人，那我就得抵御美国的入侵，变得和萨达姆同命运共呼吸；如果我把自己视为民主主义者，那就该和美国佬结盟，推翻专制君主；如果我站在穆斯林的立场上，我就受不了基督徒布什反对伊斯兰教的词语、风格和他的十字军；如果我想促使实现我的公正和自由的理想，我就该相反，张开双臂欢迎布什以尽快掐死暴君萨达姆。然而，我身上的阿拉伯人能相信肆无忌惮地觊觎我们的土地或是我们地下的石油的西方人吗？尤其是西方人中的这些美国人，在他们无条件维护以色列，包括以色列违背其对巴勒斯坦的阿拉伯人许下的承诺的时候，我还能相信他们吗？因此，我刚要陈述我的想法，我这一个人的乐队便会继续奏响，然后以不协调的音色和乐器奏出一片嘈杂声。

当然，在特定的时刻，面对一个具体的对话者，我会满足于独奏：只由我身上的某个萨德发出响声，我自我简化，并且，比如，给民主主义者萨德优先权……然而，如果有人把我这一天中先后表演的独奏录下来并同时播放，他听到的仍然会是混杂不清、不协调的交响乐，由我的各种身份碰撞所造成的喧哗。

我向父亲坦白说出左右为难的处境。

“爸爸，以前我总怪自己想法多变，今天我发现这是不可避免的。”

“你说得对，我的儿子。在讨论问题的时候，最难的不是捍卫一种观点，而是拥有一种观点。”

“唯一的一种！”

“是的，因为我们每一个人身上都有几重人格。只有傻瓜才以为自己一个人独占他的屋子。”

“他怎么会这样以为的？”

“他堵住了自己身上好几个部位，把它们锁进壁橱。这样，他便能用一种独特的嗓门清楚地高谈阔论了。”

“真让人羡慕，是不是？”

“能当个傻子总是件让人羡慕的事情。”

父亲定要我再把茶斟满。我很难让自己恢复平静。

“是的，儿子，我们总希望宣读简洁明了、一锤定音的讲稿，证明自己所说是为部分真理效力。可是，我们的智力越进步，我们就越会失去这种野心——我们揭示出了自我的复杂性，承受着自身的张力。”

“我就希望不要自相矛盾。”

“可就是在这一点上让我们看出这是个傻子。为什么我们把钟说成笨蛋？因为钟只能敲出一个声音。”

“这么说，我可连好钟都不是。我是口破钟。”

“儿子啊，一口钟只有在破裂的时候敲出来的声音才是正确的，因为，这时候，它同时会发出好几种声响。”

在得利斯咖啡馆，大学生们毫不含糊地对立冲突的地方，嘈杂声达到了最高音量，给人的印象是美国的第一颗导弹飞来之前，国家就要打内战了，强烈如斯的对立情绪把每次交谈都引导到拳脚交加的边缘。逊尼派教徒由于害怕失去影响力，死抱着萨达姆·侯赛因的路线不放，把显得比较谨慎的人都当成什叶派对待。然而还是有人不愿陷入激动不已的穆斯林宣扬的极端主义之中。有些勇敢的伊拉克人，民主和多元制著名的拥护者，则以不在场的库尔德人、基督徒或犹太人的名义表示愤慨，为他们揭露出一次次屠杀后幸存的库尔德人、没有走的基督徒和不知还有没有幸存者的伊拉克犹太人在忍受着什么。

或者是因为我陷于矛盾之中，或者是为了向我心仪的女人靠拢，我和蕾拉一样沉默不语。我们要说话也是在出了咖啡馆之后，我送她回家的路上，并且很少涉及政治。她向我坦陈，她父亲就因为姓名问题坐了牢，受了好几年折磨——他和萨达姆·侯赛因的仇敌，一个什叶派世家同一个姓氏——此后，她便关上了这个话题的大门。相反，一提到对她能说得很流利的英语的爱，她便滔滔不绝。我们发现了一个共同的爱好，喜欢阿加莎·克里斯蒂。

“没有比读她的小说更能让我平静下来的了。”她向我承认道，“它让人心安。”

“让人心安？可是，报上却把她称作‘罪孽王后’啊！”

“一个只有精心策划、艺术地搬上舞台、由使用掺假的毒药的聪明罪犯实施家庭犯罪的世界，有什么比这个世界更能使人心安的。我们生活在一个野蛮人的天地里，强者为王，对我们而言，这种属于迷人的异国情调的东西太美妙了。”

“你说得对。再者，她那些故事有头有尾，每个问题都有结论：罪行解释清楚了，安宁便回来了。”

“正是！平静的水面暂时泛起涟漪……人间天堂啊！我真想去英国生活。到我退休的时候，我要变成个可亲可爱的老太太，在烘焙苹果馅饼和修剪天竺葵之余揭开罪孽之谜。”

二〇〇三年三月，美国人向伊拉克开战那天，我恐怕是世上最幸福的人了，因为，我全身心地投入到了爱情之中。恋人萨德杀掉了本应在我心里有所反响的各种人物，他杀掉了伊拉克人萨德、阿拉伯人萨德、穆斯林萨德。有几个小时，我就只想到布什向我发出的信号：这是宣战和表白爱情的日子！

当我发现蕾拉没来学校时，我向她家跑去。我在她家楼下刚吹响两下口哨，她便出现在四楼窗口，梳好了头，化了妆，两眼湿润。

“你下来吧？”我大叫，“我有话对你说。”

她刚到楼梯下，我便把她搂进怀里，把她紧紧地挤贴在门厅墙上，热烈地亲吻着她完美的脸、噘起的双唇、细白的牙齿。

“蕾拉，我爱你。”

“我也爱你。”

“我要娶你。”

“终于……”

我拥抱着她。我们的嘴唇融合在一起。

“蕾拉，我爱你。”

“你已经说过了。”

“现在这句话那么容易就说出来了。”

“说真的，你就需要一场战争。”

“蕾拉，我爱你。”

"这句话你要说到天荒地老。"

傍晚，回到家里的时候，我脸上肯定挂着幸福得过分的神情。姐姐和母亲被这场可能夺走她们男人的战争吓坏了，以为战斗的狂热感染了我，十分担心地打量着我。父亲是最快向我询问的。

"萨德，我的肉中肉，血中血，好像你是从拉麦克回来的。"

"爸爸，我恋爱了。"

他哈哈大笑，并且提请女人们注意，开心地向她们宣布：

"萨德恋爱了。"

"爱上谁了？我们认识吗？"姐姐们也高兴地问道。

"不认识。她叫蕾拉。和我一起在学校读法律。"

"还有呢……"

姐姐们向我提出一连串问题，她们想知道得多一些，尤其想了解一个恋爱中的男人如何描述他心爱的女人。

"行啊，萨德，你什么时候爱上她的？为什么？"

"你们要是看到她抽烟的样子……"我心醉神迷地答道。

全家人笑疯了，一直笑到晚上。想到我就要为一个陌生女人离她而去因此心里不安的母亲也被喜悦感染了。尤其是因为，到午夜将近时，我的小姐姐给我和蕾拉取了个怪里怪气的外号——"火炬和消防员"。

我斗胆这么写，顾不得有人恨我了：对我来说，再没有能比这场战争更令人兴奋的事了！就在美国军队向围困中的巴格达推进的时候，尽管有路障和宵禁，我和蕾拉，我们每天都要见好几次面，扑进对方怀里，相拥相吻，如火如荼，把对方使劲抱着，都快把对方抱碎了。我们越来越感到难以克制住不做爱。就我们的宗教、家庭而言，我们必须忍住。当欲念极其强烈，我快忘记承诺的时候，蕾拉会恳求我，作为爱的考验，放弃这个欲望。当她求我让步的时候，我会在她耳边低喃："我不愿让我的妻子责备我对少女时的她缺乏尊重。"实在克制不住了，我们便粗暴、激动地猛然分开，我们必得各走各的路，走得很快很久，好让我们都平息下来。在燃烧着的巴格达，由于战斗、种种危险的威胁、轰炸、悠长恐怖的警报声，我们像受到血腥味刺激的鲨鱼，不停地扭动着因异常生活而激奋的身体。也许，这是上天早已安排好的？也许，在动物性的明智中，上天在恐惧背后塞入了欲望，强烈的，勃起性的，因为危险而强烈十倍的欲望，保证性爱能战胜死亡的不可抑制的张力？简而言之，战争比专政色情得多，无限得多。

仗打了几天后，美军战车侵入首都，到处都在溃退。大多数巴格达人认为自己已经战败，就连庆幸萨达姆下台的人们，都为没能仅凭自己的力量完成这一切，却需要可恨的美国人前来帮忙而感到屈辱。再者，人员伤亡越来越惨重。

然而，美国人的许诺像食物一样滚滚而来，人们想要遗忘，想要喜悦，以致在飞达乌斯广场推倒萨达姆·侯赛因雕像的那天，我们人数众多，高兴而真诚地又哭又叫。

随着三十吨青铜坠地，沉重的三十年跌落尘埃。暴君统治结束了。我和我的同学们将有权得到自由、民主、没有专制的未来。我的心在胸中激跳。我扯着嗓子大叫，我高呼让我们年轻的喉咙紧随的激情飞扬的口号。尽管有海军陆战队和外国记者多余的存在，我们亲密无间。啊，我多么迫切地想见到蕾拉，把这里发生的情景告诉她啊！

晚上八点，拥抱过一辈子都没拥抱过的那么多的人，带着因为用大头棒拼命捶打暴君人像而血淋淋的手掌，靠在好几个陌生的肩膀上幸福地哭泣后，我恋恋不舍地离开欢欣，走向蕾拉那个街区。

在朝她家那条马路走去时，我很快就明白了那里发生过什么。

在原来她家那栋大楼的所在地，展开了一片空地，空地上堆满尘土，黑烟缭绕。大楼被火箭弹击中了，只剩下散乱的石头，彩色墙纸脱落后的大块水泥，呈粉末状的石膏，扭曲的工字梁朝天伸出它们变形的手臂。

“蕾拉！”

我扑上废墟，用残存的那点儿声音呼唤她的名字。

“蕾拉！”

我喊破嗓门，冲向马路上看热闹的人群，我跑遍了附近的商铺，走进比邻的大楼。

“蕾拉！”

我在哪儿都没能找到她。

我怕极了，回到废墟上，从一个救援者手中夺过铲子。

“蕾拉！”

我背后响起一个声音：

“蕾拉死了，先生。”

我转过身来，认出花白胡子、瘦小的门卫，他曾多少次看到过我送蕾拉回家。

“易卜拉欣？”

“是我，萨德先生。事情发生的时候我正在对面的咖啡馆。您知道蕾拉和她父母住在四楼。火箭弹就在那里爆炸，火焰就在那一层燃烧开了，也是那儿先坍塌下来。”

“您……您能肯定？”

“我很遗憾，先生，很遗憾。”

他低垂脑袋，非常伤心。

附近的那几条马路上传来庆祝萨达姆铜像被推倒的欢笑声、音乐和鞭炮震响。慢慢地，金色的薄暮带来山间的凉风，而幸福的巴格达正准备通宵跳舞。

我的小未婚妻

“我都没看到她的尸体，让我怎么为她哭泣啊？”

父亲尴尬地轻咳几声，他力求在回答我之前控制住自己的情感。我接着说：

“我已经心灰意冷，比一块石头更甚。我没了感觉，没了思想，没了任何欲望。”

“喝点儿茶吧。”

为了不让他感到不快，我有气无力地接过玻璃杯。

屋子里寂然无声，我知道这静寂是假的。依据合理推测，我母亲和姐姐们应该正躲在隔壁房间里，屏气凝息，耳朵贴在隔墙上，期待着我父亲说些恰当的话语。三个星期以来，也就是蕾拉去世以来，我一直沮丧地窝在家里，一天说不到半句话，冷漠得让全家人都快疯了。我面对着父亲，盘腿坐在家里唯一的地毯上，他负有使我重新振作起来的使命。

经过二十六天的战斗，二〇〇三年三月一日早晨，布什总统宣告他已获胜。我们的总统，可怕的萨达姆·侯赛因却没予以反驳，如同躲在地洞里的耗子，这默不作声证明布什占了上风。公开的战斗结束了。从此刻起，侵略军便希望我们把他们看作是一支来解救我们的队伍。在我家，我们都已经准备给予他们这个头衔了。

“儿子啊，战争结束了。”

“爸爸，我的幸福也结束了。”

他轻轻拍了拍我的肩膀，无言以答，因发现自己和我情感同化到这般地步而张皇失措。

“你还年轻。”

“那又怎么样？”我粗暴地大声吼叫，“年轻就不该感到痛苦吗？”

“不。可年轻人还有未来。生活可以从头再来。你再也见不到蕾拉了，可你会遇到别的姑娘。”

“正是这话：丢了一个，找回十个！你相信自己说的话吗？”

“不，一点儿都不信……可是……喏……我肯定你还有几十年前途，这话毕竟没说错。比如，你可以跟我这个年龄的人做个比较：我要是没了你母亲，我就再没时间……”

“你啊，你和她还能活三十年！”

“原谅我。我绞尽脑汁想说些安慰你的话。实际上，我也伤心，竟连一个词都找不到。结果，我像个傻子，重复了听到过无数次的老生常谈，就希望……啊，原谅我，萨德，原谅我吧！其实，我为你感到痛心，我不知道跟你说什么好了，我的孩子。”

刚才，就在不知不觉中，他吐露了真情。我饱含泪水，朝他靠去，脑袋贴在他胸膛上久久地、慢慢地抽泣，一动不动，就像一具流血的躯体。

一声爆炸打破宁静。女人们受到惊吓，冲进房间。

“又开始了！”

母亲在颤抖。我一跃而起，俯身在窗口，闻了闻周围的气息。

“依我看来，那至少在离这儿一百米的地方。伤不到我们的。不用担心，妈妈。”

“你说得对，萨德！我儿子伤心得要死，他的未婚妻被炸得粉身碎骨了，城市陷入混乱之中，炸弹爆炸都不知道它们从哪儿飞来，每天晚上还得喝醉了才睡得着，城里闹哄哄的，吵得那么凶，然而，这还不错呢，我不该担心！”

谁都不能对她的愤慨提出异议：自从冲突在外交礼仪上结束以后，形势却越来越糟糕。继领土战争而来的是内战。仅仅几个星期，所有人便反目成仇。就像我父亲早就预料到的那样，伊拉克少了萨达姆·侯赛因痊愈不了，国家依然患有偏执狂，疾病更使它疮痍满目。

萨达姆时代领导社会的逊尼派反对不久前还属少数的什叶派重新得势，后者合情合理地被占领军扶上了战略岗位。巴格达被划分成了什叶派地区、逊尼派地区、美军地区，整个儿地变成了一个广阔的不安全区域，互相之间用子弹和炸药进行交流。受基地组织恐怖主义做法的启示，自杀式恐怖行为频增。没有哪一天哪一个晚上不是在惊恐中度过，因为一举一动都有危险：去市场会遭遇人肉炸弹，坐公车可能上了有爆炸物的车，穿过马路会被流弹击中，回到家里墙壁抵挡不住火箭弹射击。

我沉浸在悲恸之中，难下决心介入这些冲突。不仅仅是我不再出门，我的课程停了下来，我还避免去得利斯咖啡馆，我的想法扑腾在混杂的泥浆里。我只有一个清晰的感想：行动是无益的，我们永远都该忍受。

一天早上，梳洗的时候，我发现脚底下有三个黑点，我当即给父亲看。

“儿子啊，这是疣子。”

“我从没生过疣子！”

“疣子常常出现在送死者入土之后。”

“那是从棺材来的？还是从尸体来的？”

“不。”

“不管怎么说，我从来没送人安葬啊……”

“情感上的震动，儿子。我用了个隐喻暗示你疣子产生于悲伤。”

“看来我倒是受到了优待啊！我受到了精神创伤，所以生了疣子，是这样吗？”

“疣子是痛苦万分的灵魂开放在皮肤上的花儿。”

他一只手抓住我的脚，另一只手正了正眼镜，细细察看那三朵深色的雏菊。

“去掉它们的办法有两个：用柠檬放在白醋里煎出来的水涂在你皮肤上，或者你给它们取个名字。”

“我选择一号药物。我不知道怎样给我的疣子命名……”

“可是，这个方法也管用。我有个朋友，他带着个疣子都十年了，那是一个顽固的、难以根除的、经久不消的疣子，怎么刮，什么样的药水都去除不了。就在他叫它法蒂玛那天，它消失了。”

“法蒂玛？”

“法蒂玛，他母亲，一个可怕的悍妇，曾虐待他，以前他却不承认。你一找到疣子正确的名称，说明它是由什么引起的，你就把它抹去了。”

“你遇上过这种情况了？”

“是的。”

他脸红了，放低了嗓门。

“我和你母亲刚结婚的头两年，我长过一个疣子。”

“你找到它的名称了？”

“是的。”

“叫什么呀？”

“萨德，我的肉中肉，血中血，星星的汗水，你答应为我保密？”

“以我的脑袋担保。”

“我的疣子叫米莉安姆。一个我很想娶的女孩，就在你母亲之前。”

“之前？”

他的脸涨得绯红，眼睛转向他处，喃喃说道：

“差不多。”

我带着怜悯的微笑，收起这段隐情，然后开始思索：我那三个疣子该叫什么名字？

“爸爸，疣子用的都是女人的名字吗？”

“男人身上的疣子往往是这样的。不过，你也不要局限于此，也有的疣子叫歉疚、鸦片或双份威士忌。”

就这样，我忍受着三个疣子。它们表示什么？我不好选择，伤脑筋的问题……和平？幸福？自由？未来？爱情？孩子？学习？工作？这些事情从今往后都是我的问题。太伤心了，不堪回首，我让母亲为我准备柠檬白醋洗剂。

我们本来是能够适应混乱的——我们不是很好地习惯了专制政治吗？是的，我们本可以试着忍受下来，存活下来，只要混乱——即使它每天都在找我们麻烦——能够让我们得过且过。可是，二〇〇三年六月的一天，混乱攻击了萨德家。

怎样讲述一场悲剧呢？我还是就事论事，给一份不作夸张、不带感情色彩的笔录，按照不容改变的顺序予以陈述吧。

二〇〇三年六月十二日，上午过去了一半，男人们，我父亲和我决定去市场转转，更吸引我们的是能见到我两个姐姐的丈夫，他们在那里工作，一个卖烟，另一个给一家餐具店看大门。

我们和我那两位姐夫坐在一家咖啡馆的露天座聊了整整一个小时，趁太阳还没烤得让人受不了，夏日炎炎，等会儿气温会升高到五十摄氏度。

“我的儿子们，我们男子汉在这里如此舒服，以至于都忘了女人交给我们的任务：装满我们的篮子。”

这时，有个人推开路人，迅速穿过人群。

“又是个在逃的小偷。”我嚷嚷道。

我身为当商铺值夜人的姐夫猛地站起身来。

“但愿他不是从我老板店里跑出来的！”

他担心，跃进人群。

“我来帮你。”我另外那个姐夫提议，说着跟了上去。

我们望着他们离逃跑者越来越近，那家伙举止怪怪的，像小偷，更像疯子。他跑的时候一会儿向左，一会儿向右，没有方向，不仅如此，还咧嘴大笑，他双颊通红，还在宽大的长袍里做些奇怪的动作。

突然，就在我的姐夫们快抓到他的时候，小偷站住了，昂起脑袋，仰望天空，大吼一声。

一道白光。

一声巨响。

爆炸。

地面颤动。我们靠着的柱子晃了晃。我父亲失去平衡，在我身边摔倒，就在他的脑袋撞到地上前我把他抓住了。

就在我把他扶起来的时候，人群一片恐慌。到处是叫喊声。惊惶的叫喊声。害怕的叫喊声。痛苦的叫喊声。

刚才是炸弹爆炸。

被我们当成小偷逃跑的那个人是个人体炸弹，一个长袍里带着炸药腰带的恐怖分子，他在市场中心拉响了雷管。

“我的女婿啊！”我父亲呻吟道。

我爬上桌子，试图看清楚那个场面。在恐怖分子盲目地舍生忘死的那个点周围有一摊模糊的血肉。我本能地转过脸去。

“我不知道。”

“什么？”

“我不知道，爸爸。惨不忍睹。”

“我们赶快去求救！”

我们飞快地离开咖啡馆，走上一条宽阔些的交通干线。

“你往左走，”父亲断然说道，“那个府邸前有时停有救护车。我去右面，通知美国人。”

说着，爸爸朝一名值勤士兵跑去。

不知道他心里是怎么想的？为什么不用英语而是用阿拉伯语叫喊？为什么当他们要他不许靠近的时候他不听警告？我想他肯定心慌意乱，光想着救命了，甚至没发现自己没用他们能听懂的语言说话。

他大声叫喊着朝他们扑去，嗓音因为激动而哽咽，高举着双手，瞪大了眼睛。他喘得那么厉害，都没听到他们命令他站住的喊声。他就想赶快行动，竟没看到那个美国兵枪口瞄准了他。他一心想的是那些受伤的人，没料到那些陷进疯狂的巴格达，被爆炸声吓坏了的得克萨斯人，每时每刻都在担惊受怕，怕又遇上亡命之徒，对他们，他也构成一种威胁。就这样，他朝他们跑去，不知道人家摆好了架势，喝令警告。

事情就是这样，我痛苦地预见到即将发生的事情，并且，事情发生了。

几声枪响。

爸爸又往前跑出几步。

接着，他倒下来。好像很惊讶。

他当即死亡。莫名其妙地被打死了。

我嘴里有一股血腥味。我想大叫，扑到那些军人身上，辱骂他们，为遭杀戮者报仇，可是，他们中已然有一个发现自己错了，他让最年轻的留守在尸体旁，带上所有步兵，头也不回地向几分钟前发生爆炸的广场走去。对他们来说，我父亲已经只是个墨渍了……

接下来发生的事情我就不说了，艰难的尸体回收，母亲的昏厥，姐夫们，或者说他们残存物的发现，姐姐的泪。

我却没有流泪，我把泪水截留在泪水库里，等我尽到了职责，办完了正式手续，料理完死者的后事，安排好殡葬化妆，送他们的骸骨入土，再把它们一泄而空。

我们把三具尸体陈放在家里。整个地区的人都来拜祭我父亲了，好像他是个圣贤。对我在人世间最爱的人那么热忱，那么亲切，那么真心实意的感情流露，在他们面前，我真的难以保持不失态，尤其是当不认识的人前来吊唁的时候。有好几次，我很想回到他怀抱里的童年时代，变回他以为不知道怎么安慰，却那么成功地安慰着的那个孩子。

父亲去世后三天，晨光熹微，就在以前我们在浴室里肩并肩梳洗完毕聊着天的时候，我按照他一再教导的话擦干双脚，扑上爽身粉，这时，他的幽灵出现了。

他在小板凳上坐下，叹了口气，望着我处理这些事情，朝我微微一笑。

“怎么样，儿子，你忧虑的花儿情况如何？”

“爸爸，说明确些吧。”

“你的疣子，傻瓜！”

“还在那儿呢。我现在用药水……”

“当然。”他低声说道，脸上挂着知道下文如何，但不愿使之失去新鲜的神态。

他重又叹了口气。

“儿啊，你能肯定是美国人朝我开的枪吗？不会是躲在后面开冷枪的恐怖分子——萨达姆·侯赛因的支持者们干的？”

“不是，爸爸。是美国人。”

“你搞错了。我认为是躲在右侧，通往副食店的那条马路上，铁皮挡雨板下的复兴党人，他们瞄的是美国人。我代他们挨了枪子儿。”

“是吗？”

“是的。实际上，我救了他们，那些美国人的命。”

“不，爸爸，你是被美国子弹打死的。这是个错误，悲剧性的错误，是他们枪杀了你。”

“真的？你有证据？”

“是的，我全看到了。”

“啊……”

“再说，这能改变什么，美国子弹，伊拉克子弹，什叶派子弹，逊尼派子弹或者流弹？你死了。”

“不，这不一样。遗憾啊。我是被我们的解放者打死的。作为观念，这很难接受。尤其对我而言，我从没陷入过反美主义。我得习惯习惯，儿子啊，这就得习惯习惯。你以后再告诉我，我有时间……”

他消失了。

我真想告诉他，我们也一样，需要习惯习惯，习惯失去他让我们遭受的摧残，习惯失去对我们的解放者的信赖。

相反，他没有就他最后一刻的情景向我提出更多问题，我感到宽慰，因为，那样的话，会使我不得不承认，出现那个场面时我在做什么。出于不知道是心灵感应还是情感同化的奇迹，在那几秒钟里，我曾以惊恐的美国人的目光看待我父亲。是的，我不只以我——儿子的角度观望情景发展，同样还从美国兵的角度观望。他们看到了什么？一个阿拉伯人！突然有个阿拉伯人向他们扑来，手脚不连贯地乱动，大喊大叫着这种难听的、断断续续的、颤动的、他们听不懂的语言！一个阿拉伯人！肮脏的阿拉伯人！阿拉伯的外国人！信了他就可能和他一起被炸掉的可怕的阿拉伯人！一个该死的阿拉伯人，对他们就得不加考虑地开枪扫射！一个狂热的阿拉伯人，听布什总统的话，我们还得在这里长期待下去，建立民主制度和争夺石油！一个执着地讲阿拉伯语，进行阿拉伯思维，制造阿拉伯娃娃和生活在阿拉伯土地上的阿拉伯人！一个他妈的阿拉伯人：我父亲！

我母亲给人的印象是控制住了事态发展。她远没有怨天尤人，而是擦干眼泪，她正视新的处境，重新组织家庭生活。从此，她不再作为贤妻——贤妻很明显已经和我父亲同一天死去——而是作为良母行事。姐姐们艰难地围在她身边，像梦游者，在幻想的邮船上继续生命的巡航，孤独的旅客，全都是寡妇，没钱，怀抱着她们的孩子。

我代替父亲，成了一家之主，力求满足我们的需要。我撇开完成学业的念头，来应付燃眉之急：寻找到工作，卸下货物箱，洗刷厨房，给店铺守夜，干什么都行。出于默契，我们之间不再提及前途：只求能活下去，我们满足于把今天和明天早上作为唯一的地平线。

然而，有一天晚上，我伤了腰，筋疲力尽地躺在席子上，母亲朝我走来，对我说道：

“我的儿子，我想要你走。这里已经成了地狱。”

一次次的悲剧事件已经把她的脸洗成一个平静而呆板的面具，不为喜怒哀乐所牵动。

“妈妈，如果说你和姐姐们还住在地狱里，我就要和你们一起待在这儿。”

“萨德，我相信你在国外会对我们更有帮助。你去别的地方工作会好些，可以少干一些活，你有了钱，可以给我们寄美元来。”

我贴着墙转过身去，用肩膀和沉默表示反对：压根儿就不要说这话，这个办法我连想都不想。

在这动荡的几个月里，我最活泼的外甥女，六岁的萨尔玛，总要送我到我新的工作岗位。她负责了解我每个钟头在什么地方，她在我和我家之间穿梭来往，向女人们汇报情况，使她们能对我的状态放心，证实我乖乖地吃掉了她给我送来的沙拉，宣告我几点钟能够回家。

由于我到哪儿都能见到这个小姑娘，见到她灿烂的微笑，而她也喜欢和我做伴，我对她便特别喜爱。她不正是唯一一个让我能有时间——几秒钟——与之一起笑、瞎聊、逗乐的人吗？有一次，干完让我疲劳不堪的活之后，我没加考虑，脱口叫她“我的小未婚妻”。小不点儿脸涨得通红，打心眼儿里感动了。出于对这个永远见不到父亲的小女孩的怜悯，我养成习惯，她活泼的模样一出现在货场或谷仓门口，我总要嚷嚷说：“这不，我的小未婚妻来了！”

有几次，我吼我母亲。

“你不该让萨尔玛穿过城市，把她当传令兵使唤！太危险了！她会被一些发了狂的人挤伤，会挨炮弹片儿，中流弹什么的。我于心不安啊……”

“可是，萨德，你也该理解我们，我和你的姐姐们有多么为你担心！萨尔玛每天好几次让我们宽怀。没有她，我们每时每刻都会以为你死了。她是保护我们大家的天使。”

“萨尔玛保护我们，可我们却不保护她。”

“你不想再见到她了吗？”

“我可没说这话。只是，我担心着呢。”

由于害怕见不着萨尔玛，我的坚持和发火都没有进行到底。就这样，漂亮的小姑娘每天还是要来好几次，照亮我为了赚几个第纳尔而在那里辛苦的阴暗、油污、气味难闻的地方。

为了良心上的安抚，人会陷入最虚假的梦幻，使之不去正视突发的现实：我犯下了这个错误，为此一辈子都感到愧疚。

萨尔玛不是巴格达政治动乱的受害者，她是被一枚钉子扎伤的，就这么简单。当她给我看她腿上被划破皮的地方时，她还为自己的昏头昏脑觉得好玩呢。就在我自称是拥有超自然法力的魔术师，在她的伤口上施行法术，然后在她柔嫩的皮肤上用响亮的一个吻驱散疼痛的时候，她笑得更欢了。

谁都没在意她最初的征兆，因为，我们吃得很差，焦虑不安，精疲力竭，身体全都不好。再者，小姑娘总那么快乐，那么有劲，没把向她全身蔓延的感染放在眼里。

当她衰弱到起不了床的时候，我们还在以为是感冒，最多是流感。我们就让她喝点儿热牛奶，加个蛋黄，还给她用点儿山上的树皮，激发她的力量。我们还装出十足的乐观——其实是怯懦的自我安慰。

有一天早上，从她脸色发青和高烧上，我们怀疑她得了败血症。

我们决定，我去上班，我姐去找医生，我母亲去邻居家筹集治疗费。唉，一天过去了，她只凑起少得可怜的一点儿钱，而我的姐姐们竟没找到一个还在悬壶济世的医生：战后的混乱时期，巴格达尚剩的几个私人开业医生也都移民约旦、黎巴嫩或叙利亚了。她们只觅到了某个本·萨伊德博士的地址，在高级住宅区里，可先得在门房存放五十美元担保金才允许进入诊室。对一个贫困家庭，这是不可能办到的。

“这件事就交给我来办吧。”晚上，我疲惫不堪，了解这个情况后，随即说道。

我用被子把萨尔玛包好，把她紧紧抱在怀里，便上了巴格达的街道，寻找开着的医院。

我找到好几家医院，院门洞开，里面已经空空如也，早已改作他用。我最后找到一家还在行医的诊所，那里的两名年轻医生接待了我。他们给萨尔玛听诊，脸色都吓白了。

“她的情况很危急，先生，”他们很有人情味地对我说，“必须尽快住院。我们这里已经没有床位了，也没有药。您去美国人那儿吧。那是唯一的办法。您不能犹豫，一秒钟都拖延不得了。”

他们给我解释了该去哪儿。去那地方还有好几公里。如果我步行去，就得走几个钟头。如果我打车，付了车费后，我将身无分文。

我孤注一掷了：我拦了辆出租车，瘫坐在车里，萨尔玛紧贴着我，浑身颤抖。车子在不见人迹的街道上摇晃着、吼叫着，停在离那儿一百米的地方。

“停车，我不能再往前开了，”司机打招呼说，“美国人害怕阿拉伯人和每一辆在附近转悠的汽车。别指望我了。他们神经一紧张就扣扳机。”

我下车，不堪重负地朝路障走去——前一天晚上我只睡了三个小时，然后连续干了十四小时活，而且还为萨尔玛担心得要死。

我边往前走，边想到我父亲。千万不能表现得像他那样。别吓到他们了，别走太快，不能稍有突如其来的动作，不说阿拉伯语。

当我距离栅栏一百米处的时候，士兵们把探照灯指向我，互相之间叫喊了什么，然后命令我后退。

我站住了。

为了说服我，冲出来四个人，他们手持武器，对我重复让我走开。

“我不想伤害你们。我带着孩子过来是因为我需要你们的帮助。我想让你们的医生帮我看看这孩子。是诊所的人让我来这儿的。我求你们了：这是个生死存亡的问题。”

我得益于大学里的培养，用上了我最漂亮的英语，我知道，他们会为我能掌握的句法和语音感到惊讶。

我完美的英语没能让他们冷静下来，却使他们感到不安。他们疑神疑鬼地相互望了一眼，然后把我当可疑分子打量一番。

我把我的事情一次又一次地讲了好几遍，请求他们相信我没有恶意。这么重复着，我渐有进展。

突然，他们中有一个人叫了起来。

“小心，他怀里抱着炸弹。警戒！”

当即我便听到拉枪栓的声音。

“不！别开枪！这不是炸弹，这是我外甥女。我的外甥女！”

“把包搁在地上。把包搁在地上，然后举起手来。”

“这不是包，这是个小女孩。”

“把包搁下。迅速把包搁下，要不，我开枪了！”

紧张使他们变得容易发火。我意识到他们就要向我们——我和萨尔玛扫射了，就像他们打死我父亲那样，仅仅是因为害怕，或者出于谨慎——这能有多大的差别啊？

我小心翼翼地把烧得火烫的萨尔玛放在沥青路上，她这时正睡着，病体沉重，疲惫不堪。

然后，按照他们的命令，我退后五步。

他们枪口对着那堆可疑的东西，忐忑不安、疑虑重重走上前去，随时准备扣动扳机。

"别瞄准我外甥女，求求你们，别瞄准我外甥女。"我紧张极了，哀求道。

"只要她不动，不哼哼，不看到他们，只要她对今天晚上发生在身边的事情仍然没有意识就好。"我在想，牙关咬得紧紧的，快咬出血了。

他们中的一个，最勇敢的，俯身在包裹上，然后，用枪筒小心地拨开被子，露出萨尔玛的小脸蛋。

"是个孩子！"他向身后喊道。

这场噩梦终于要做完了吗？

队长隐蔽在路障后面，回答道：

"用探雷器检查一下！"

什么？他们这又想哪儿去了？另有一名士兵拿着个钢制的吸尘器模样的东西在她身上晃动。

"没有响！健康！"

至此，我忍不住纠正他的用词。

“不，不健康！那是我外甥女，她病了！求你们了，我要见你们的医生。”

这些美国士兵犹豫不决，迟疑了一阵子。

终于摆脱了恐惧的重负，他们刚刚弄明白我给他们解释了二十分钟的事情。我重又用最纯正的语调开始讲述我的全部情况。

他们沉默。

最后，队长几乎是遗憾地松口了：

“把他也检查一下。”

他们向我靠上来，威胁我别动，用金属探雷器听了一遍，又用手摸了一遍。

“没问题。”

“OK，让他进去吧。”

我朝萨尔玛弯下身子，重又把她抱在怀里，吻了吻她火烫的鬓角，用阿拉伯语轻轻对她说。

“你瞧着吧，我的小未婚妻，我们就要做到了。”

她没有反应。她能听见我说的话吗？

几名士兵押送我们进入这块美国的地方。真让人难以相信，在巴格达，这个破坏殆尽的首都，还有这个迥然不同的城市，一座完好无损、灯火辉煌、点缀着喷泉和花坛的现代城市。从几扇窗子飞出用俗气的小提琴演奏的故作伤感的乐曲声，另一扇窗子里则有个摇滚乐队。我居住在遭到破坏的地区，工作的地方就像地狱，绝对想象不出能有这般情景。

萨尔玛从这时候起再也没有动弹。难道是因为照在去医院路上的路灯的缘故吗？我仿佛觉得她的肤色显得很不正常，然而，她还有呼吸，我肯定。

一名军医在急诊室接待了我们，他示意士兵们可以返回自己的哨位了，然后让我把萨尔玛放在铺有纸床单的床上。

我让他给萨尔玛做检查，当他发出一声叹息时，我为了排遣忧虑和提醒他我会英语，轻声问他：

"怎么样，大夫，她得了什么病？"

他朝我转过身来，仿佛突然发现了我。

"全身性败血症，小伙子。非常严重。"

"她会好吗？"

他凝望着我的眼睛，缓缓地说出了这些话：

"我这就给她打一针，做到问心无愧吧，知道我们已经尽力而为了，不过，不要抱幻想：太晚了，小伙子。"

我一言不发，倒在椅子上。

他照料萨尔玛，忙了一阵子，然后，抓住我的肩膀。

"你们俩都到隔壁房间去。您把孩子放在床上，您就坐在沙发上。我就在附近。"

把我们在房间里安顿下来后，他小心地关上了房门。

我没听他的话：我没把萨尔玛搁在床单上，而是抱着她，紧紧地抱在我怀里，一边祈求上帝放过她。

就在天亮之前，我感到困极了，决定阖一会儿眼。

晨曦中，我醒来了，我的小未婚妻躺在我怀里，已经死了。

“这一回，实在太过分了，萨德，我不会哭了。”

我母亲没有怨天尤人。

我把萨尔玛还给我姐姐后，我们的母亲的容颜变得十分严峻、镇定，那种冷漠比什么都更让我心寒。

她密切注视着我。

“萨德，我不愿意你人未死心已死。可这便是这里发生的事情。”

“生活很艰难，当然，但是……”

“这也许正是真主的示意，在这儿已经没有能让你心仪的女人了，这便说明你该照料你的家。再没时间可浪费了。你如果想帮助我们，那就出国去吧。”

“可是……”

“别多想了，你应该走。”

“你们这儿不需要我了？”

“我有我的腿，和你一样，我也能从一家医院跑到另一家医院。我们缺少的是钱。我们要是有美元，就能进本·萨伊德医生的诊所，就有权得到抗生素。我不想再碰到这种情况。儿子啊，我不是在恳求你，我是在要求你这样做：移民。你年轻、灵敏、聪明、有力气。你可以去外国工作，把你省下的钱寄给我们。只有你能够救我们了。”

“留下你们孤儿寡母？你相信爸爸会同意吗？”

她望了望我，迟疑了一下，往身后瞥了一眼，确定她的女儿们不会听到她说什么。

“我和他商量过了，他同意。”

“什么时候？”

“昨天晚上。”

她低下头，怕看到我的反应。她以为我会把她当成疯子？我当即给予她宽慰，说：

“啊，并不是只有我啊！你也看到他了？”

她抬起头，神色严肃地观察了我一下，好像我说了句蠢话。

“当然。萨德，我看到了他。每天晚上，我喝过药茶都看到他。从他去世后第三天开始。”

“第三天，你也是……”

“第三天。”

“那前三天他干什么去了？”

“我不知道。我想，他在适应死后的境遇。或者，他在寻找来这儿的路。在这方面，他守口如瓶。和你也是？”

“和我也是。”

“长话短说，第三天晚上他出现了，我可以告诉你，我可没对他说客气话，甚至还为他那颗流弹很是骂了他一通。”

我们没再说什么，决定各自保守和爸爸的幽灵谈话的秘密，扎根在我们的人格和回忆的交叉口上的这部分隐私。

我吻了吻她。

“谢谢，谢谢妈妈的信任。我走。”

“去哪儿呢？”

我想到蕾拉，没有多作考虑就答道：

“去英国。”

逃离伊拉克

这几千公里路程，一个第纳尔都没有，可怎么走啊？

那天早晨，云因为阻止不了太阳升起，在闹情绪不让它接近，用它们铅一般沉重的惰性跟太阳较劲，只让一种肮脏、灰白色的贫瘠的微光，和阴影差不多的一点光线渗透过来。我在浴室里，隔着牛眼窗看到忧郁的屋顶，像地窖似的堆满包裹、破布和床垫的晒台。没一只猫，没一只鸟。只有穆安津通过清真寺高音喇叭扩大的沉浊的鼻音切割着这种迟滞。

这几千公里路程，没有一个第纳尔可怎么走啊？

我用以前的剃须皂刮完胡子，这块肥皂散发出带有雪松味的檀香，让我觉得自己仿佛还和父亲在一起；然后，我开始照料我的脚。

这几千公里路程，没有一个第纳尔可怎么走啊？

“卖东西啊，儿子。”

“啊，你在那儿?”

我父亲和往常一样，穿着背心和宽松的睡裤，坐在矮墩墩的板凳上。

“是的，我的肉中肉，血中血，我在这儿，和你在一起，想为你排忧解难呢。言归正传，你的疣子怎样了?”

“解决不了问题。”

“你让我惊讶！你真的打算走?”

“你知道了……”

“我觉得这个决定挺轻率。保持信心吧，问题很快会逐步得到解决的。”

“混乱占着上风呢，爸爸！”

“行了，那是暂时的。”

“不，爸爸，你还抱着幻想。它会持续下去的，明天好不起来，甚至会更糟。因此，既然不再期待进步了，那就走吧。”

“嗯，我明白你是怎么想的了，明天好不起来，别的地方会好些。”

“正是。”

“我把我们的差异概括起来说，儿子，我呢，我是个寄希望于‘明天’的乐观派，你是个寄希望于‘他处’的乐观派。你在空间中展开乐观主义，我在时间中栽种乐观主义。”

“不要试图缩小你我态度之间的距离了。你地点固定的乐观主义是听天由命的想法。”

“而你的不定居的乐观主义则是怯懦的逃跑。”

“你肯定跟妈妈说的相反，不赞成这个决定。”

他尴尬地清了清嗓子。

“开始的时候，我愿意你留在这儿……呃……你知道，和你母亲讨论问题总无法细细剖析……她最后总能让你落入圈套，使你离开你最初的想法，让你卡在她的观点里。”

“我经常怀疑，爸爸，你是不是弱者。”

“那么，现在，你该考虑自己是不是也变成弱者了。”

我听到父亲的回答，就像下巴上挨了记勾拳。在他给我这一击之前，我还没注意到自己在撰写世纪故事的新篇章，在这一章里，自以为自由自主的男人在实现主持家庭的女人的意愿。为了掩盖我的局促不安，我把交谈引向现实的忧虑。

“弄一张巴格达到伦敦的机票吧，想都别想。首先，这现在都不存在了；其次，我拿不到签证，我已经没了护照；最后，我既没有旅费，又没有在伦敦安家的费用。金钱，这正是摆在那里的障碍！如果我不缺钱，我还可以找蛇头。屠夫街好像就有，花一千美元，他们就能送你去外国。”

“听他们说的……唯一能够肯定的是他们能帮你消耗掉

一千美元。”

“不管怎样，我手头没有一千美元。”

“卖掉一些东西啊。”

“什么？妈妈的首饰早就卖光了。你的书找不到买主。至于家具，剩下的都是要用的，而且卖不出价钱。难道要卖房子？”

“不，儿子。目前这时候，巴格达有谁会要房子？倒不如直接买一块墓地得了。”

“那还有什么？”

“所以，我想你只有卖自己了。你的力气。你的青春。你的热情。”

“我不确定自己听懂了没有……”

“你只剩下自己还能换钱，小伙子。在有些领域里，人家需要胆大的年轻人。”

“你是暗示……”

妈妈悄悄进浴室来拿她的梳子，打断了我们的谈话。爸爸生性腼腆，除了我从不愿在别人面前裸露身子，他消失了。

然而，我已经领悟了他的信息。我有什么可卖的？我这条命……此时此刻，狂徒们显然是生命的贪得无厌的消费者。我父亲是建议我去当恐怖分子。投靠基地组织吗？投靠我们都知道的势力强大、组织严密的伊斯兰运动吗？

他们在伊拉克国土上已发展起了一个富有生命力的分支。为它效力，在它的帮助下便能越过禁止通行的边界。

对我来说，形势一下子明朗起来：我必须向地下秘密武装自荐，就好比假装入伍当兵，以求去往开罗。

在困窘中，我没想到人家是出于狂热加入恐怖主义运动，而不是另有打算，在向别人出于恐怖或热爱、复仇或野心，始终怀着激情靠拢的活动走去的时候，我却很冷静，心怀计谋，有些人称这种方法是“犬儒主义”。

我去了坐落在姐姐们以前读过书的中学后面的那座清真寺，这个建筑很不起眼，不讲排场，也没有风格，大学里的同学曾用隐晦的词语，加上许多影射、沉默和省略号，向我暗示……如果想……那就去那儿好了！

我边祈祷边偷窥了几个小时，研究在那里进进出出，前来找真主的和来这里阴谋作乱的人们。

中午，当我确信自己的分析无误时，我接近一个高大魁梧、尖鼻子、硬直胡子的伙计，他是周围活动着的热血青年的中心人物。

“我想让自己成为有用的人。”

“我不认识你。”

“我叫萨德·萨德。”

“我跟你再说一遍，我不认识你。你在说什么？干吗找我？”

“也许是我疯了，也许是因为我觉得你会支持我。我父亲倒在美国人的枪弹下，我的两个姐夫也是。我独力解决家用所需，四个姐姐，一个母亲，三个外甥和两个外甥女。”

“那又怎么样？”

“我恨美国人。”

他的眉毛不易觉察地颤动了一下。浓黑的毛色和蓝色的眼睛形成的对照表示多血质的粗暴，阴气沉沉或者阳光灿烂，他吼叫道：

“那又怎么样？”

“我想成为必不可少的人。”

“你已经是这样的人了，兄弟，如果说你还在照料着你的家庭的话。”

“这样不够。我想要多干一些。我想杀人。我想战斗。”

词语自己喷射出来，随着我把它们说出口来，我发现了它们。当然，在源头上，我这番话是有意识地炮制出来的，然而，有一部分的我炮制这番话并不费劲，一部分的我在表达自己的思想，一部分的我不是在撒谎，甚至为说出这些恶毒的话语而心情舒畅。

他听我破口大骂了十来分钟，没有搭腔。不时地，他向其他人投去迅速的一瞥。他的黑眼珠在询问：“你们认识他吗？”那些转悠的人们不经意地摇摇头。

最后，他一声叹息，打断我的话说：

“为什么今天才想到？”

“这是……”

“怎么你以前不参加进来保卫你的国家？为什么你还没有埋伏在路障后面？”

我没料到他会提出这个问题。然而，我想成为伊斯兰激进组织成员的那部分，毫无困难地便找到了解释：

“我听从我父亲的教诲，他要我完成法学学习。他是个虔诚的、可敬的老人，我不听他的话会连畜生都不如。现在，父亲死了——被万恶的美国人杀害了，我再没有理由按兵不动了。”

他信了，点了点头。

“今晚，七点，在萨伊德咖啡馆门口。”

说着，他异常迅速地走开，这速度说明他确实是耐着性子听我说完了话。

“搞定！”我想。虽然在前进路上还有许多陌生人，我还是热切地等待夜晚降临，一边给自己设想许多问题：怎样回避他们交给我在这里的任务？怎样促使他们让我越过国界？接下去发生的事情告诉我，这些问题中没有一个是提对了的。可是，我预测……

七点钟，我站在萨伊德咖啡馆门口，我在那里苦苦等待，有一种被窥视的感觉：好几个打手，仿佛故意穿过广场，他们突然冒出来，打量着我，然后走开去，也许是一些情报员被派来验明正身。

八点，胡子剪成鲨鱼下颌状的男人出现了，他从我右侧过去，没停留，对我悄悄说道：

“跟我走，就像你不认识我那样。”

他走在错综复杂的街道上，然后绕着一群大楼转了四个弯。这样转来绕去是什么意思？是为了向某些人展示这就是我？证实没有人盯我的梢？

最后，他急急奔进一条小巷子。我怕跟丢了他，也猛冲进去，这时，迎面一拳把我打得顿住了脚步，倒在地下。

“正是他！”

把我打趴下的大高个儿指着我对另外四个高个子说，他们扑到我身上，堵上我的嘴，捆上我的手脚。然后，随手就像丢一包衣物似的把我丢进一辆汽车的行李箱里。其中一个命我把脑袋缩进去。防护罩在我上面盖上。

漆黑一片。

发动机。公路。摇晃。刹车。加速。长时间闲谈。熄火。叫喊。辱骂。吵闹。碰上车门。重新发动。发动机。公路。道路。摇晃。碎石子。漫长的行程。

停车。

我重见光明了，那是夜晚中的一束手电筒光。它照得我睁不开眼睛。那些人帮我爬出来，割断捆绑在我脚踝上的绳子，命令我跟他们走。我这是在哪儿?

我们走进一栋大楼，下楼梯到地下室，他们打开一扇门，把我推进去。门重又关上。是间囚室。

这便是旅途的终点。

我不知道自己在哪儿和为什么在那儿。

又过了好几个小时，我利用这段时间让自己平静下来，力求弄清楚周围的环境。他们在怀疑。他们在对我进行试探。他们想让人认出我是美国特务，或者更糟，是以色列特务。我心里想，但愿我不会让他们想到什么人！但愿大自然别跟我开这种拙劣的玩笑让我酷似什么人吧……

料定他们很快会对我进行酷刑讯问，于是我做好了思想准备，又怕又期待。我必须赢得他们的信任，使他们相信我是和他们一样的人，我只让内心仇恨美国人，仇恨杀害我父亲的凶手的萨德说话。既然这个萨德是存在的，我得把别的萨德——比较审慎、略微不一致的萨德，统统关起来，紧紧反锁在加软垫的门里。

当我失去因为饥饿、干渴、焦虑引起的时间概念时，有四个人前来找我，把我推到一张办公桌前。高高坐在打字机前的那个人开始狂吼乱叫：

“我们认出你来了，狗崽子！我们知道你是谁！你找我们是在走向自己的坟墓。”

这番叫骂使我肯定了他们对我一无所知，他们为此很恼火。加油!

“我想成为你们的人。”

“你以为我们是谁?”

“跟美国人战斗的人。”

“你是美国人的朋友!”

“我恨他们，他们杀死了我的父亲。”

“我们有证据。”

“绝对没有。”

“你以为我撒谎?”

“不管是你还是任何人，都证明不了我喜欢美国人，因为我恨他们。”

谈话激烈、粗暴、断断续续地进行了三个小时，在这三个小时里我没被击败过一秒钟。

他们把我押回囚室，少不了侮辱我一番。

没过多久，他们给了我一块面包，一壶水。行啊，既然他们还想让我活着，审查结果应该是积极的。

我吃着喝着，便任由自己快乐起来。经过调查和这次考验，接下来，他们肯定要让我进入新手的队伍了。

这个憧憬说明我有多天真。

我刚好些，他们便又来找我了。他们把我带到另一个房间，在那里，我一看到皮鞭和皮带就明白了等待着我的是什么。

想到疼痛我便害怕，我在惧怕中，变得十分迟钝，在使我变得如此缺乏表达能力的惧怕中，我只好给人以无所畏惧的假象。拷打开始了。我大喊大叫，我挣扎，可我没有离弃为自己指定扮演的人物：仇恨美国和美国人的人。他们好几次用希伯来语或波斯语跟我说话，提议少受些皮肉之苦，以确定我是不是会这些敌人的语言。每一次，我都装聋作哑。然而，他们又抽打起来。

就在我被撕裂的皮肤灼烧般地疼痛，我看到地上自己流出的一摊血时，突然腰上重重地挨了一脚，瞬间眼前一道强光，我感到一种突然的恍惚，失去了知觉。

第二天醒来的时候，我睡在一个有好几张床的房间里。我独自一人躺在武装人员中间，他们这边那边的床铺都空缺着，并没有注意到我。我明白自己已经被从地窖里抬上来，这是一种提升。一个穿着白衣服的小男孩，肯定是个哑巴，给我服下阿司匹林，并且照料我的伤口。

日中时分，戴胡子面具的那个人来了，在我身边坐下。

“你好，萨德。”

“你好。你们对待朋友的方式够特别的啊。”

“性命攸关啊。我们不能确定我们的朋友真的是我们的朋友。”

“那我这种情况呢？”

“走着瞧吧。”

我理解我已经过了几道关口。

“你能做些什么？”

“从体力上讲，我干不了什么大事。”

“粗人、大高个儿，我们已经有了。我们缺乏有其他本事的人，比如智力上的。你法学修完了吗？”

“差不多修完了。”

“你会讲几种语言？”

“英语和西班牙语。还有俄语，知道点儿皮毛。”

我不敢炫耀我的语言能力。我突然的坦率会不会给我带来麻烦？

“我们需要你这样的人。你能够行走了就回你母亲和姐姐们那里去吧。”

“然后呢？”

“你问太多了。”

他走了。

养了三天伤之后，他们把我的眼睛蒙上，把我推上一辆热得令人喘不过气来的汽车，颠簸着，使我的有些伤口又裂开了。我决心让劫持者们信服我的勇敢，忍着不叫唤，不做出皱眉蹙额的样子，然而车底座陷进坑里时，我还是发出了呻吟。

数小时后，他们把我赶下车，然后开车走了。我扯掉布带，认出了萨伊德咖啡馆。

我走近唯一还亮着的一盏路灯，在橱窗玻璃上隐隐分辨出一张肿起的脸。看到被打得青肿的眼睛，裂开的嘴唇，紫一块黄一块的变深色的皮肤和黏在伤疤痂上的发绺，我笑了。笑了很久，笑出了声，并且很是自得。我打心眼儿里感到相当自豪。

我步履缓慢、艰难地走向我们那个地区。走过街角的时候，我注意到有个男孩正大步走在我们那条马路上。他一看到我便停了下来。

“萨德·萨德？”

“是的。”

“你好，我是阿明，蕾拉的表弟。”

我望了望他，突然，我头疼欲裂，像有人在捶打它，我好痛。我没有回答他，双手捂着太阳穴，一脸怪相。

“你不舒服吗？”

我背靠着墙，任由自己滑落下来。他在我旁边蹲下，凝视着我。这时，疼痛慢慢地一波一波散去，似乎还恋恋不舍。

“就快好了……”

“你打架了？”他既尊敬又胆怯地探问。

“不，我刚接受了一次培训。”

我不假思索地用几句话给他宣讲了最近几天我反复接受的课程：我想要精忠报国，反抗美国压迫者，用我的生命把他们赶走，建立起一个尊重我们国家和穆罕默德的政府，简言之，出于条件反射，我向他重弹可能避开疼痛的老调。

他惊讶地噘了几下嘴，然后点头表示赞同。沉默。他不时尴尬地环顾四周，就像在考虑他来这儿干什么。因此，我问他：

“你过来是有什么目的吧？”

“不……”

“那是信步溜到这儿来的？”

“也不是……我是……我只是想来对你说……和你一样……我也……也怀念蕾拉。”

“和我一样？肯定不是吧！”

“作为表弟……请原谅，我发现这是个愚蠢的想法。我们俩都不愿意……”

“是的，想也于事无补了！”我下结论说。

说着，我站起身，向他告别，上楼回家，没有回头，也没有认真思考他来访的真正动机。这个动机，我好几年以后才知道。

看到我，家里一片尖叫，在她们想象中我已遭遇不测。我含糊其词地作了些解释，便任由女人们百般温存和照料。在最重要的问题上我什么都没坦白，只是简单地告诉母亲我正在采取能让我移民出去的办法。

清晨，我脚底发烫，艰难地走在浴室里，我在一盆热水里调制柠檬酸和芥子颗粒合剂。当我把脚跟伸进水里的时候，父亲出现了。

“你还是不会这么做的吧？”

“泡芥子浴？”

“不，当恐怖分子！”

舒适的感觉从脚趾起流遍全身。我沉溺其中，几秒钟后才轻轻说道：

“这不正是你的建议，不是吗？”

“该死，儿子！你怎么就不能一上来就听懂我跟你说的话呢？”

“因为你一上来并没有说清楚啊！这是大家都知道的。其实你也知道。”

“啊呀，我没建议你加入恐怖主义运动啊。”

“‘卖掉你的身体，你的青春，你的力量’，这是什么意思？如果我是个女孩，我甚至会以为你要把我打发到窑子里去呢。幸好我是个男人……”

我母亲把脑袋伸进来，神色不安地问我：

“不舒服吗，萨德？”

“不，妈妈。”

“你在自言自语。”

“不，我在和……”

我没往下说。她猜到了。她的目光在空荡荡的浴室里扫视了一圈。

“啊，他来过吗？”

“是的。”

“告诉他，我吻他，今天晚上喝药茶时我等他。”

“我一定告诉他。”

母亲走后，父亲过了几分钟重又出现了。虽说还是一脸的不高兴，却已经平静下来。

“原谅我，儿子。我没把意思说清楚，我并不想把你推向恐怖主义。”

“令人遗憾的是，这不是个行不通的办法。”

“这办法令人厌恶。萨德，我的儿子，我的肉中肉，血中血，你知道一个完美的恐怖分子的训诫吗？”

“不知道。”

“它们一共有七条。你觉得你接受得了吗？”

“你说。”

“1. 只能有一个观念。人一旦有了两个观念就会思索，宗教狂们知道这一点，所以他们不思索。2. 摧毁与这种观念相反的东西。决不允许有不同观念，更不许有分歧。3. 杀掉起来反对这个观念的人。反对者不值得活着，因为他们对这个观念、这个观念的安全代表着一种危险。4. 把这个观念看得比生命更有价值。包括任何人的生命。作为宗教狂，便是遇上了一种比个人更重要的价值。5. 不要为暴力遗憾，因为它正是这个观念行动的力量。暴力的手永远是干净的，即使它们在滴血。6. 相信被你正义的暴力所击中的目标都是有罪的。如果其中偶尔有一个与你观点一致的人，那么，这个自我牺牲的恐怖分子，他也不是无辜的受害者，而是又一个殉教者。7. 不要让犹豫进入你的思想。一旦你感到有顾忌渗透进来，开枪。同样，你还要射杀怀疑和问题。打倒批判精神。”

“哇，爸爸，看得好准。你从哪儿汲取的这些认识？”

“我观察了来到这儿，这个亡灵王国的那些人。以这种新的形式，他们那些英灵每天要来好几波呢。”

“你跟他们讨论过吗？”

“儿子，你不能跟他们讨论，你只能点着头洗耳恭听。况且，恐怖分子不与人对话，他们独白。”

“在那儿也一样吗？”

“那儿，哪儿？”

“死者那儿？”

“死了以后并不能变聪明，也不能变有趣些。”

他两眼朝天，发出一声撕心裂肺的叹息，然后补充道：

“对我来说，听他们说话就像观看如何令人腻烦的技巧的奥林匹克比赛。现在，回答我的问题：你能接受这七条训诫吗？”

“很显然，不能。”

“那就停止这骗人的把戏吧，孩子，赶快离得远远的。当我们让智慧和幽默在我们身上绽放异彩的时候，就会做出一些难以容忍的蠢笨之举。”

“可是，把仇恨说出来挺轻松。”

“当然，可是，你的仇恨多种多样，很难一致。一方面，你讨厌美国人，他们杀了我；另一方面，你又憎恨宗教狂，他们使你的姐姐们年纪轻轻就成了寡妇。在这两种不能兼容的仇恨中你选择哪个呢？”

“倒不如摆脱仇恨？”

“是啊。那天早上，我们的谈话被打断的时候，我正想向你建议另一种办法，那就是去帮走私者做事，他们需要灵敏和胆大的人。你还记得我的朋友谢里夫·艾尔哈萨德吗？”

“博物馆的？”

“对。你去见他弟弟，法赫德·艾尔哈萨德。那不是个值得称道的人，远非如此。但是，在我们生活的这个动乱时代……”

“法赫德·艾尔哈萨德？”

“一个十足的混蛋，让家里人，尤其是可怜的谢里夫，对他失望透了。他对你可能有用……”

博物馆在城西，我有好几年没去那儿了，当我快到那儿的时候，我以为自己走错了。墙壁撞烂了，窗子砸破了，栅栏开了膛，不由得让人以为这栋相当现代化的楼房已另作他用。不过，我还是在边门，它狭小的岗亭里找到了父亲的朋友，博物馆最老的保安之一，谢里夫·艾尔哈萨德。

“萨德，我的孩子，你这副面孔被整得跟博物馆一样够呛了。”

“你好，谢里夫。”

“你可怜的父亲安葬以来你还好吗？你母亲呢？姐姐们怎么样？还有你的外甥外甥女们呢？”

我感谢了他对我全家的关心，然后，他给我讲述了博物馆藏品遭受的争抢：一万五千件珍品在美国士兵满不在乎的目光下遭到劫掠和偷盗。他讲了半个钟头，这才由我说及主题。

“我父亲去世前曾悄悄对我说过，需要的时候，我可以去找你的兄弟。”

“法赫德，这个流氓，一无用处的家伙！我情愿死都不想听到他的名字！你父亲绝不可能说这话！”

“他的确说了，谢里夫。他瞧不起你兄弟，也没对我隐瞒这一点，可他建议我，走投无路的时候，非要找你帮这个忙不可。”

“有这么糟糕吗？”

我给他讲述了最近几星期的情况，不用夸大便足以让他的心软下来，求得他动脑筋回忆一下。

“啾，你可以在那里找到我弟弟。”他嘟嘟囔囔，一边往我手里塞了张条子，“他和他那群寄生虫都在巴比伦活动。”

我跟一位邻居商量，我帮他打了好几个钟头的杂，他用小卡车带我去巴比伦。我很快就到了那里，毫不迟疑便进了我熟悉的古城，因为跟每个伊拉克小学生一样，坐大客车游览的时候，我曾被迫参观由萨达姆·侯赛因重建的玫瑰色的巴比伦，一种仿古的背景，用来吸引人的游览场地，其实什么都是假的，而且很明显。我去敲响法赫德·艾尔哈萨德的家门，他住在一栋很宽大的别墅里，就在他的旅游纪念品商店旁边。

“是您哥哥让我来的。”

“我没有哥哥。”巨商反驳道。

“我说的就是他。”

说着，我把谢里夫草草画过几笔的字条递给他，他认出了谢里夫的笔迹。

大胖子不情愿地把我带进他家里，我穿过好几个鲜花盛开的庭院，来到一个空气清新，飘溢着茉莉花香的房间里，在软垫上坐下。

我对富甲一方的商人解释我的贫困、决心和出国的决定。他佯装冷淡地听我讲述，然而，我清楚地觉察到他在判断、评定我的优劣，估计我的价值。当他确信我能任由他支配时，他终于开口说出了这几句话：

“我在埃及开发了一宗贸易。我需要送货去开罗。当然，你会开车？”

这个问题的意思不是“你有驾照吗”，而是“你在方向盘前面坐过吗”。否则，就不接收我。像我们这一代男孩一样，我十四岁就开始操纵汽车，从来没学过交通规则，也没去听过课。在我们那里，从摸方向盘起就会驾驶，汽车造就驾驶员，就这么简单。

“你先和我在店里干几个礼拜，然后，如果合适，你就跟车去埃及。”

我当即表示同意。

就在这段试用期里，我猜测到他首先想要测试我的诚实——或者不如说我的不诚实，因为，他要证实我确能不加评说、毫无保留地加入他的蒙骗活动。

法赫德·艾尔哈萨德表面上开了家礼品店，实际干的却是文物买卖。这个人像安排他的住房似的组织他的生活：像洋葱。剥开一层，又有一层，一层一层几乎就没个尽头……在他家里，一个出口掩盖着另一个出口，一个房间隐藏着另一个密室，一件家具遮蔽着另一件更狭小、更珍贵的家具。他的陶器店给一个制作车间打掩护，制作车间里又藏着个窝藏室。因为，他的古玩商店主要售卖两部分文物：真的仿制品和假的仿制品。

真的仿制品是出自他的车间的仿制品，他把它们当真的卖给老实人，并且，这种仿制品数量很多。

假的仿制品都是偷来的真品，他让人把它们当成假的，使得上架和搬运时没有危险，然而正正经经的收藏家们认得出来，他们欣赏它，以真品的价格，也就是昂贵的价格购买下来。

战争，接着是战后，为法赫德提供了一个黄金时代，因为，各博物馆、景点、权力机构的宫殿遭到抢劫。他说起这件事毫不羞愧。

“要是没有我，萨德，考古界便会陷入险境。要是没有我，那些盗贼便会使文物散落、丢失，导致损坏和破碎，这些坏蛋对此一窍不通，一点儿都不小心。非法买卖，没错。破坏文物，不！我很快就告诉那些盗贼我不会告发他们，我会守口如瓶，我能给他们漂亮的、绿色的新票子，减轻他们的心理负担，脱手他们的赃物。要是没有我，萨德，人类的宝库——亚述古国的首饰，八世纪的象牙制品，饰有龙、牛浮雕的伊什塔尔[1]釉面砖，图画文字书版，数学书版，甚至还有宁录[2]宫里的一块浮雕便会烟消云散。”

1　女神名。古巴比伦城城门以此命名。该门巨大，建于公元前575年，门楼高逾十二米，用釉面砖装饰，砖面有浮雕龙、牛。

2　《旧约全书》中的人物。许多《圣经》学者认为，其实宁录是指美索不达米亚的一个古代民族。

尽管我曾怀疑他派打手资助了好几次抢劫活动，但是他这套说辞还是听得我目瞪口呆。他只怕疯了，要不便是恬不知耻，真的在把自己当成美索不达米亚文物前所未有的最杰出的保护人呢。照他说的，国家博物馆重建的时候就该用他的名字来命名了。

尽管他啰里啰唆，比对我曾接近的恐怖分子，对他我还是更能理解些。法赫德是个个人主义者，他只想到他自己，他的财富，他的享受，他的成就。我觉得他比那些随时准备跑到市场中心和无辜者同归于尽的宗教狂容易接近：他的诈骗与激励着某些人的疯狂相比较，具有合理的、温和的、令人平和的外表。

当他肯定了我能够毫无保留地加入他的行动中，便向我宣布即将成行的期望之旅：

“你将和哈比卜、哈丁姆一起驾车去开罗，把来自帕提亚城哈特拉[1]的几件东西送往那儿。我要求你们的是避开海关哨卡和边防人员。如果你们被抓住了，你们不认识我。除此之外，随你们用多少时间，随你们从哪儿走，只要你们把货送到我给你们指定的地点。星期二出发。你行吗？”

行了，我解决了。在几个月时间里，我找到了逃离伊

1　古代城市，在今伊拉克北部，位于底格里斯河和幼发拉底河之间，建于公元前1世纪。

拉克的办法。

我返回巴格达家里三天，好向她们透露这个好消息。

在我们一起度过的那个晚上，我姐姐和妈妈努力相信这是条好消息。深深的焦虑噬啮着我们的欢乐，害怕失去对方和经此一别、恐成永诀的担忧使我们的谈话失去光泽，我们的关系并没有因此变得更温柔、更深切，反而更冷漠、更克制、更拘谨了。我感到难受、不幸，在逃走和放弃之间犹豫。

午夜时分，母亲来到我睡觉的不透光的破旧小屋里，双手捧着叠好的一床小毯子，在我面前跪了下来。

“原谅我吧，萨德，你明天就要离开我们了，我却给不了你一个子儿。别人家的母亲送儿子出国总还给点儿盘缠，而我却什么都没有。我是个坏透了的女人，除了这床毯子，我再没有别的可以给你的了，我从来就不配当一个母亲。”

我吻了她，对她说我绝对不同意她的想法。她靠在我肩头哭泣。她的眼泪带有悲痛苦涩的味道。

接着，我夺过微不足道的毯子，严肃地说道：

“我永远都不会丢失它的。等我在伦敦安定下来，我要把它镶在镜框里，压在金叶镶嵌的木框玻璃下，陈列在客厅中央，壁炉上方。每年元旦，我会指着它对我的儿女们说：‘瞧这块布，这是你们奶奶的毯子。表面上看，这只是一块又旧又难看的小地毯，实际上，这是条飞毯。我就是坐着它飞越一个个大陆，来这里安顿，在这个繁荣和平的国度里，给你们美好的生活，良好的教育。没有它，你们所有的人，便不可能幸福地生活在这儿，在我身边。’”

“再见了，萨德，我的儿子啊。”

“再见吧。”

说着，我最后一次拥抱了她。

鸦　片

吉普车飞快、轻松地驶入公路，然后在车后喷出尘埃。

我站立起来，从打开的车顶伸出赤裸的上身，以便更好地感受速度，吞食公里，喝下解渴的风。

我们没有碰上一个人，巴格达便这样远远地消失在我们身后了。我们逃逸在陌生但令人放心的景色里。要不是顺着细细的轨迹看到几个里程碑，我真会以为自己穿越的是一片今天早晨由我们开辟的、全新的、陌生的处女地呢。有几次，在马达轰鸣声中，由于两侧飞逝而过的山岩像一群群游鱼，我陶陶然，觉得自己所向无敌。

这条路，我那两位车友，哈比卜和哈丁姆，不知走过多少次了，因此他们知道走哪边能避开障碍和检查。

“你车开得真顺畅。”我在哈比卜耳朵边大声说，“你在哪儿学的驾驶？”

他笑了笑。

“泡妞还要执照吗？对一个男人来说，开车就像做爱一样天生就会。哈丁姆，你听到这小子问什么了吗？”

“听到了，伙计！”

我们在一片沙漠边缘停了下来。

“歇口气，”哈比卜宣布，“我们休息一会儿。”

“是，伙计！”

“萨德，你去把铁桶全部装满，水井就在那边，那些山岩后面。”

“好嘞。”我大声喊道。

“好的，伙计。”

我很高兴，终于有事情让我做了。我能有什么用？法赫德干吗把我加进他平日的押运队伍？哈比卜和哈丁姆知道该怎么干，他们处理问题比我在行。

就在他们躺在树下抽烟——“啊，伙计，好舒服”——的时候，我便奔忙在汽车和比之高一百米的水井之间。当我装满最后一桶的时候，知道自己已经完成任务，便决定在回去前休息几分钟，在井栏旁汩汩的水塘里洗个脚。

就在我揉着脚趾的时候，我父亲前来坐在我右边。

“怎么样，我的儿子，你现在到食莲人[1]的地带了。”

---

1 生活在非洲北部海岸的神话人物，他们以莲的果实为食，这种果实会使人满足和健忘。《奥德赛》中奥德修斯（尤利西斯）回家途中经过他们的居住地，有水手因为吃了这种果实而打消了返回船上的念头，不得不由别人强行将他们带回。

“什么人？”

“食莲人。”

“你就不能像大家一样说话吗？”

“不，我避免像大家一样说话。”

“你的意思别人不能一上来就听懂，你不觉得不便？”

“这样我很高兴。辨认笨蛋、测定无知、追击平庸始终是我最感兴趣的大快事之一。”

“可是，爸爸，词语的创造是为了人与人之间能相互理解。”

“蠢话，词语的创造是为了让人与人互相辨认，精英间相互察觉。”

“高论！这么说，我常常抓不住你的意思，你便认定我不如你了？”

“正是。这一点同样也属于我的享受。”

“你讨厌。”

“不，我培养你，我教导你，我精心雕琢你。你没注意到，尽管你停滞不前，我还是不停地来看你吗？”

“……”

远处，光线衰弱，夜晚来临，沙漠上笼罩着奇特的寂静，本来就细微的生命的低语中止了。阴影渐渐地从山岩脚下冒出来，蓝色的，灰色的，彰显立体感，揭示不可测的深度。我觉得夜晚仿佛不是从天而降，而是从地下升起来的，它展开一种致命的悲哀，比寒冷更有穿透力，一种无色的悲哀，让野狼长嗥的悲哀。

我朝父亲转过脸去，对他微微一笑。

“我看出来了，你选择了跟我走。你会一直陪我到伦敦吗？”

“你很可能会需要我，不是吗？”

“你不去看妈妈了？”

“暂时不。”

“她会伤心的。”

“在我给她讲清楚这一点之前，她就已经很伤心了，因为，萨德，她牵挂着你呢。”

突然，我为逃离巴格达出来远游而感到羞愧。爸爸看出我带着罪孽感的忧伤，风趣地说：

“不管怎么样，你母亲自我死后并不比我生前更听我的话。不管我在不在那儿，她并不在乎我的回答，而是代替我高谈阔论。所以，我决定陪着你，这样更有用些，儿子。”

“谢谢。”

“别高兴得太早了。我陪着你，可我并不赞同你所选择的远行。我对此不敢苟同。我的儿子，你不是个好榜样！”

“什么的榜样？”

“伊拉克人的榜样。你想，要是他们全都像你这么做，伊拉克就不复存在了。”

“伊拉克早就没了。”

“儿子！”

“在成为伊拉克人的榜样之前，我首先想到的是成为男子汉的榜样。我想要有工作，赚钱以资家用，保证在家里干活的女人们和需要学习的孩子们能活下去。你觉得我的行为可鄙吗？”

“不，可我想到我的国家……”

“你错了。国家是什么东西？一种偶然，我丝毫不欠它的。”

“儿子，别来搅浑我的思想！我还要指责这次远行，跟两个不讲信义、不负责任的家伙在一起，连带那个垃圾法赫德交付给你们的货物，开头就很糟啊。”

“什么？走私艺术品吗？还有更糟的吧。”

“是的，还有更糟糕的，我们陷在困境里了！”

“我不明白。”

“跟往常一样啊！我什么都告诉你，可你却什么都不明白。”

他消失了，把我留在不适的苦恼中，忍受着苦涩的直觉的折磨。

关于他在我心中放置的疑虑，我思索了半个小时也不得其解，便往回朝我的伙伴们走去。他们在黑夜的阴影里，正默默地、一本正经地抽着烟。

“啊，伙计……啊，伙计……啊，伙计……”

哈丁姆神情恍惚，抽着烟斗，观望着冉冉升起的烟雾渐渐消失。哈比卜一言不发，吸着他那个烟斗，似乎也一样陶醉。

“行了，伙计们，我把铁桶都装满了。我们走吧！”

“不，萨德，我们就在这儿露营了。”

“是的，伙计。”

“这一回，这东西质量一流，精品，极品，纯之又纯！”

“是的，伙计。”

他们叹口气，再说不出话来。

对此决定，我表示不赞成。像这样磨磨蹭蹭对我们来说是不允许的。我们干吗停下？我们必须不停地移动、运动，一刻都不能让人测定位置。要不，出来三个人有什么意义？我们跟法赫德说定了的轮流驾车啊。

他们笑容可掬、平心静气地躺着，似乎没听到我在说什么。他们的眼睛在僵硬的眼皮间睁得大大的，通红的眼珠像患有失眠症的病人，他们久久地用鼻子吸气，用袖子擦眼睛。

黑暗里渗出焦虑的风。

时间过得越久，他们越是以饕餮之徒的贪婪吸入烟气。

我上前想要激起他们的反应：

“回答我，他妈的！出什么事了？”

“喏，伙计……来一口，你就清楚了。”

我走近哈丁姆，朝他的手弯下身去，发现了一些事情。我们运送的货物有三个小包放在地上，尽管法赫德有明确指令，它们还是被开启，露出其中恶毒的阴谋。

狡猾的商人对他常用的方法深信不疑，他按照俄罗斯套娃的样子制作了一些小包，这些木娃娃里又有更小的娃娃，直至最小，像顶针那么大。如果说我们公开运送的是卖给观光客的小雕塑像，我们却知道里面半公开地藏着两千五百年前苏美尔人的小板。然而，在这种诱惑物后面还隐藏着另一现实：我们运送的是一车毒品。

哈比卜和哈丁姆知道吗？肯定知道，既然他们毫不犹豫地剥开了外包装。

“鸦片？”

他们用沉闷的、酸涩的、轻柔的嗓音，几近小心翼翼地，低声笑了。可见，我是唯一遭到嘲弄的人。

“喏，萨德，抽吧，这是好之又好的东西！”

“是的，伙计，抽吧！”

有近一秒钟时间，我差点儿接受了他们的建议。总之，干吗不趁机享受一下呢？冒着为运送麻醉品被逮住的危险，先自己品尝一下也不为过，是不是？

愤怒阻止了我这么做。

“你们早就知道？”

"你这是什么话!"

"是的，伙计，是的，我们知道。"

"为什么你们要接下来?"

"抽上一口，你就明白了。"

"啊，是的，伙计，是的。"

"这样的旅途，是我们生活中最最惬意的事情了。"

"最惬意了，伙计。"

"问题是，上一回，我们太夸张了，用了三个月才到达开罗。法赫德这个坏蛋认定我们把一车子货都卷跑了。而我们也就是抽掉了一些，稍稍多了一些。"

"多了，伙计，多了!"

"简而言之，老板火了，派上了你。我们开始离不了毒品，这事儿变得不好办了。"

"不，好办，伙计，好办。"

"你等着瞧，萨德，我们这就来安排妥了：我们为你指路，告诉你怎么走，告诉你该避开的地点，为此，你让我们抽。"

接着，谈话就不可能再进行下去了。浓墨般的黑夜使我们无法动弹。在我临时燃起的篝火边，那两个人已不再属于他们周围的这个世界。毒品从他们木然不动的躯体里排挤出声声嘶鸣、呻吟、情火和狂喜。午夜光景，哈比卜甚至还跟天使说了一会儿话。

我紧靠着一堆崩塌的山岩，蜷缩起身子，钻在睡袋里，仍难免呼吸到鸦片悠长的气味，我尽力想只用鼻子得到那种享受。然后，我因为在诱惑前让步而恼火，转身朝向大山，试图通过吸入岩石和矿物质的芳馨使自己得到纯化。

凛冽的早晨终于来了，刺眼的阳光照射到那两具发狂的肉体上。

“上路了，朋友们，告诉我该怎么走。”

我看到他们游移不定的眼睛睁得大大的，显得惊慌不安。他们花了好长时间才醒过来，明白自己在什么地方，认出了我，记起了他们要去哪儿。

我把他们安顿在后座，坐上驾驶座。他们最初的模样就像两条被拖离水面的鱼儿。我发动汽车。晃动三四下后，他们吐了。我帮助他们解除痛苦。又停下三四次后，他们沉睡不醒了。

我刚把鞋子脱掉好开车，父亲便出现在副驾驶座上，他用扁平的手指触摸着操纵装置，低沉地赞叹。

“我特别喜欢这种四个轮子都能驱动的质朴的汽车。”

“四轮驱动车？”

“就是你说的那个。老实说吧，你的食莲者朋友今天早上的模样可不雅观啊！”

“你叫他们什么？”

“萨德我的儿子，我的肉中肉，血中血，星星的汗水，你很清楚地知道食莲者是谁，因为，你小时候我给你读过好几遍这个故事。行，回忆一下。你那么喜欢听，贪婪地要我读。”

“我吗？”

“第十天，尤利西斯和他的伙伴们来到了食花者的国度，那花儿叫莲。那些人三餐吞食莲花。然而，不管是谁，尝过这种甜如蜂蜜的花儿，便不再想回家，便杳无音讯，只想待在那儿，待在食莲者中间，在乐而忘返中饱食莲花了。”

“啊，是的，《奥德赛》……”

“《奥德赛》，儿子，标志着人性的第一部旅行故事。由一个盲人——荷马——撰写的游记，这说明凭想象比靠肉眼能描写得更精彩。”

“莲花让人忘记回家……你相信毒品会让人忘记目标吗？”

“有时候，毒品能做到的更多，儿子：它让我们忘掉我们没有目标。”

我思索了好几公里时间。

“这些都不应是我的。”我下结论说，“包括莲花、鸦片、可卡因，或者别的毒品。”

“很高兴听到你这么说。”

这时，哈丁姆和哈比卜哼了一声。

"停车，孩子，他们要拉在车上了。"

我刹住车，打开后车门。他们滑下车来，朝坑里爬去。就在他们大声哼哼排空肚子的时候，我父亲两眼望着天穹。

"这一点，我得承认，这是置身在九泉之下罕有的长处之一，人死了，肠胃就太平了。"

他们返回车边，要求抽烟。

"不行，我们没时间了！"

"萨德，你要是反对我们，我们就不告诉你捷径和弯道。你就永远都到不了开罗了。"

"永远，伙计，永远！"

"行，那就抽吧……"

他们以吸毒者犯瘾时灵巧的手指给烟斗装上鸦片，开始吞云吐雾。

"啊，伙计，啊！"

"哇……"

"哇，伙计，哇……"

"哇！"

我父亲厌烦地耸着肩，把背转向他们，沉浸在观赏风景、沙子和岩石之中。

"像这样的对话，可悲啊！他们的口才全凭着一再重复'哇'和'伙计'这样的单音节词和叹词来表现，就像猴子摇晃椰子树。啊，多么可悲的时代啊……儿子，你好好看看他们，听他们说的，至少你该感到恶心啊。我们在别人身上看出了衰败，不是在自己身上——它只有表现在别人脸上的时候才是丑陋的。毒品，虽然我们让近旁的人去尝试，我们却绝不会去吸食的。”

旅行以混乱的节奏持续了一个星期，集聚着随意的中断——“得抽上一口了，伙计，抽上一口了”——和被迫的中断——哈比卜和哈丁姆上吐下泻。始终陪伴在边上的父亲被那一次次腹泻和呕吐吓呆了。

“了不起啊，儿子，人体这种排堵除塞的能力了不起啊。我为这两个人不会用耳朵排泄感到遗憾，要不，他们至少能从那儿清除掉他们腐烂的思想了。”

“爸爸，要清空大脑，他们首先得有脑子才行啊！”

“你说得对，儿子。真主伟大：他在听不进话的人两个耳朵之间留下了空气。”

尽管他们处于这种状态——辨认不出时间、星期几，有时候难以保持清洁，胡言乱语也变得越来越模糊不清，哈比卜和哈丁姆却总能及时醒来，给我指路，这是他们生死攸关的反应，用以换取他们的欢乐，此后，他们可以重新进入催眠状态的恍惚。多亏了他们的机巧和我不知疲倦地驾驶，我们毫无阻碍地离开了伊拉克，进入沙特阿拉伯，在那里的沙漠和山岭跑了好几天后，我们到达了离亚喀巴湾不远的红海海岸。

“儿啊，你可知道？红海啊，我活着的时候想都没想到会来这儿呢。”

“确实，你是对的。”

我父亲笑了很久，由衷的笑，离导致他大笑的火花远远的，是那种就想使幸福变得有声有形的没完没了的笑。

“好好欣赏，萨德：有个朋友曾告诉我，我们在观望红海的波涛时，会觉得它们比其他海洋的波涛更蓝，是一种纯净的、本质的、毫无牵累的鲜明的蓝色。”

“你说得对。这是什么原因呢？”

“这不是现实的效果，而是词语的伟力。‘蓝得像橙子’，法国作家艾吕雅[1]启示道，因为橙色和蓝色完全相反，是掺入黄色的红色。红海的蓝色正因为显得很蓝，人们才叫它红色，它不因浪涛或光线的神秘变化而来，而是由诗歌的神秘变化造成的。”

他转过身，打量一下目光呆滞、几乎无意识地倒在那里的哈比卜和哈丁姆。

“再这样下去，车上的货都要被他们抽光了。”

“依我看，法赫德·艾尔哈萨德早料到了这一手。我敢肯定，他已留下最重要的部分藏在车上别的地方，减震器

1　保尔·艾吕雅（1895–1952），法国20世纪主要抒情诗人，超现实主义的创始人之一，作品富有战斗精神。

下面，椅子里面，而这两个笨蛋以为偷来的那部分其实只是法赫德让他们抽的部分。要成为杰出的歹徒还真得懂点儿心理学。”

“还要继续为非作歹……光荣属于这个狗屎法赫德·艾尔哈萨德！愿真主可怜他。”

这些玩笑似的谈话使我得以掩盖真正的思想：我第一次看到大海，心里十分害怕。我的命运就要交给这些波涛了？怎么在那边，天尽头，望不到埃及啊？在地图上看到的就那么一点点距离……要不是在游泳池里，我还从来没抛下过踏实的陆地呢。我忐忑地预测着这场考验。

我得有一天时间不给两个押运人抽鸦片，才能使他们头脑清醒，回忆起能让我们带着一车子货物上船前往埃及大陆的船老大的地址。

我们与那个人接上头了，他是个个子很高，肤色像熏鲭鱼的棕发水手，他和我们约定下星期一半夜十二点起航。

到了那天晚上，我打量着深邃、敌意、黑乎乎的波涛。“这便是我的葬身之地了。”我放眼这一望无边的波动着的深色大理石盖墓板，“几天后，我将成为鱼食。我吃了太多的鱼，现在轮到我被鱼吃掉了。”

水手笑盈盈走上前来。

“你们运气不错，遇上小姐天气……”

“这话什么意思？”

“就是说，在这种天气条件下，即便是个小姐也不会不舒服的。”

“啊，小姐们能怀孕生孩子，可不能把希望寄托在她们的弱点上！女人经受的苦难没有一个男人经受得住……肚子里怀上个小孩在你膀胱上压几个月，然后，从两条腿之间排出来一个让你的肚子烧灼一样疼痛的四公斤的包裹，这您愿意干吗，您？流血、尖叫、可疑的液体，您受得了？然而她们，她们撑住了！更有甚者，她们一次又一次地支撑下来了！所以啊，小姐天气，谢了……您经受过剖宫产吗？”

他惊讶不已地望了望我，因为他听不懂我的话。从我的脸部表情，他以为我是在担忧。

“您尽可放心，这是个油海。”

“是吗？沸腾的油，是不是？”

我指了指被风刮得卷起的浪尖。

他耸耸肩，招呼哈丁姆和哈比卜前去帮忙，三个人动手把汽车装上甲板。

就在做这件事的时候，我的目光总离不开波涛。只要望着舞动的、不稳定的水面，我就感到不舒服。

我泄气了，盘腿坐下，好揉一揉脚踝。一声审慎的清嗓子的咳嗽声，接着第二声，尽管胆怯，却更加明确，向我表明爸爸就在我身后，站在趸船上。

“过些时候见了，儿子，我去那边找你。”

“不！”

“伊拉克人在船上，就像母鸡在牙医诊所，或者苏格兰人在义卖会一样不恰当。”

“陪着我吧，拜托了。”

“我会晕船。我怕步这两个蠢货的后尘，哈丁姆和哈比卜这两个蠢货在我们面前都吐两个礼拜了。”

“可是，爸爸，你不会吐的，因为你已经死了呀。”

“死了并不代表就没有痛苦的记忆了。相反，却使痛苦的记忆一成不变。你绝不可能让我上一条单帆划子，这个话题就此打住吧。在那边岸上见吧。我用我自己的办法去埃及。”

他迅即消失，逃脱了我的影响。

“上船吧！”皮肤焦黄的丑陋伙计喊道。

四只手把我从沮丧中扯出来，丢在甲板上。

一连串粗话中夹着一声祈祷，水手连接上发动机，这时，哈丁姆和哈比卜解开缆绳。带着咸味的空气中弥漫着汽油酸酸的气味。

轮船开始前后摇摆，从一侧晃向另一侧。它发出咔啦咔啦的声音，喘息着，嘶鸣着，断断续续向前行驶，离开了码头。它缓缓地一摇一摆。我仿佛觉得，它比核桃壳还脆弱，冲不破港湾里汩汩作响的细微波浪。然而，我对自己的状况却放下心来，离开陆地并没有让我太难受。

接着，马达轰鸣，轮船加速，船体晃动慢了下来，起伏拉长了，较难察觉了，我似乎有被朝天掀起的感觉。有一时，我还觉得这样让我兴奋，以为自己是挺立在一艘巨轮船首的雕像，光荣、骄傲地俯瞰大洋，我不再害怕，我将征服世界。这时，突然，我的心从胸中一直蹦到唇边。

我倒在地上，打嗝、吐出胆汁。我的手脚不听使唤。我被凝结住了。让我瘫痪的铅汁浇在我身上。

“我的真主，让我死了吧！马上，我的真主，马上让我死了吧！”

这时，一只手抓住我的肩头，把我扭过去。我瞥见哈比卜快活的面孔，他咯咯笑着，建议我来一口鸦片。

我眨眨眼皮，毫不犹豫地接受了。

他把烟斗递给我。我急切地猛抽一口，很快我便感到轻松了。

抽到第十五口，小船和着我新的舒服劲儿，从水上扬起，紧绷船帆，朝繁星攀登，直指月亮。

我们在飞。

哈比卜在笑。

我们抛开了可怕的大海，飘浮在天上。我们的小船不再摇晃。

当我们达到一小朵孤独的、肥嘟嘟的、悠闲地飘在空中的白云的高度时，那朵云大吃一惊，看着我们一阵战栗，夹紧屁股吓跑了，跑得比鲔鱼还快。

哈丁姆叫喊道“伙计，啊，伙计”，可是，云没有回过身来。

不一会儿，月亮朝我俯下身来，对我温柔地微笑，它的眼睛让我想起母亲的眼睛，它的嘴巴让我想起蕾拉的嘴巴。我甚至觉得，月亮想亲我，这时刮起一阵风，吹开了我们的船儿，没让它亲成。

接下来的事情我记不起来了……

只提供最低服务的男妓

一个星期后，哈比卜和哈丁姆迷迷糊糊地把我放在了交货的地点——开罗郊区的一个油腻的车库里。那个郊区很大，声音嘈杂，热闹非凡，有那么多种浓重的气味，以致我当即以为它就是市中心了。

“拜，伙计，和你做伴旅行真开心。”

“再见了，萨德。很遗憾你不想接着干下去，我们能组成一个很好的车队。就只一个忠告：永远都不要再碰鸦片了。”

“不要，伙计，不要。你身上的后果，太严重了……”

“你飞得超高……完全陷入谵妄！快让我们眼红了，嗯？”

“哇，眼红，伙计，眼红！”

“最后，如果你改变主意了，可以在一个星期后来这里上车回巴格达。OK？一个星期。在此，代我们问候你父亲啊。”

“哇，伙计，亲亲你父亲。挺逗的，老爷子，挺逗……婊子，真让人笑痛肚子了！”

为了确信不会再遇上他们，我一直往前，走了好几个钟头，从一条陌生的马路走上另一条陌生的马路，走完一条条架在别的路上的公路，沿着无数大楼的防潮墙角石往前走，这些大楼都没封顶，以便过些年再往上加楼层。我在力求抹去脑海里和他们给我留下的地址有关的印象。

他们为什么提到我父亲？他在他们面前出现过吗？他们听到过我在迷糊中和他的谈话了？

再说，他现在在哪儿？我发现，他都有好几天没来看我了。

我在一个下水道口子边坐下，脱下我的鞋子，揉揉我的脚。爸爸没来。我再揉揉我的脚。没用。

他因为鸦片的事在跟我赌气？还是他没能穿过红海？亡灵是怎么移动的？在海上的时候我就失去他了吗？是不是毒品摧毁了他回来的可能？

我怀着内疚继续漫无目的地游走。

我的老师们曾给我描述过开罗这座城市有多么大，可他们说得远远不够：实际上，开罗展开在那么宽广的土地上，让我怎么都走不到这宽广的边缘。我们来到埃及首都的时候，就该抛开制服空间的想法，淘汰这种陈旧过时、乡里乡气的感觉，只求知道自己在哪里，要去哪里，将遇上谁。我陶醉在刚获得的自由之中，高兴不必再害怕自杀式爆炸、攻击、轰炸，庆幸抬起眼来看到的天空中没有战斗直升机在飞来飞去，心满意足地走在没有成堆的崩塌物、瓦砾、钉子、横梁、可疑的骸骨的土地上，我满足于逍遥自在地往前走去，用我的双脚去探索开罗。

它的喧闹令我心醉，它的污染让我兴奋，我凝望着像金粉做的珍贵王冠般缭绕在屋顶的黄色浓雾，我在那里辨认出一座富足的城市才有的讲究、肉欲，浓郁的香水味。我津津有味地观望着人们走路、驾车、干活，悠闲。我观察着，丝毫没有发现自己也在被观察着。用我口袋里尚剩的几个美元，我还能吃饱肚子；在我细心进行的六次祈祷之间，我四处走走；晚上，我倒在门廊下睡觉。

我在开罗迷了路，也为在那里浪费时间而十分满意。

四天过去了，我只剩下一个美元。满头大汗、阵阵战栗使我手臂上汗毛直立。萨德，你这是怎么啦？忘记母亲交托于你的使命了吗？

我的血液刚刚驱散鸦片的麻醉效果，我发现我的计划被我置于危险之中。我在包里翻找，找到记在一张纸条上的地址，求路人告诉我怎么去那儿。多次失败后，我把那个美元换成当地货币，叫了一辆黑车送我去那个地方。

它走了那么久，穿过那么多陌生街区，致使我担心把命运交给了一个骗子。

当司机把我放在“联合国高级难民事务所”牌子前时，我松了口气，付了车资，蹦到人行道上。

我怎么想得到会是这种场面？在我的臆想中，我看到自己来到一栋高大、漂亮的房子门前，拉响门铃，一名训练有素的公职人员急急上前，带我进去；联合国高级秘书当即在阴暗的办公室里接待了我，听我讲述我的经历、痛苦，然后，他便给了我难民身份；接下来的情景就变得模糊不清了，因为我不知道该按怎样的节奏进行；好像该有几个和蔼可亲的女人给我送来一份点心，甚至两份，然后，我暂时住进一个朴素而雅致的房间，就待上打几个电话的时间；最后，联合国的那位高级秘书重又接待了我，发给我符合手续的证件、签证，以及一张去伦敦的机票，一边表示歉意说，由于预算紧缩，没能给我买一张头等舱的机票。

这便是我幻想了一千次的场景。现实马上要为我证明幻想中的我根本不存在，淘汰性零分，不及格！我即将发现自己栽培的不是想象，而是愚蠢。

在的士司机把我送去的那条街上，有几百个黑人在事务所前面转悠、睡觉，等待。我在马路上走了几个来回，想弄明白发生了什么。整个谦卑的非洲在那里安营扎寨，利比里亚人、埃塞俄比亚人、索马里人、苏丹人、带着盆子两腿极其细长的苏丹丁卡人、四肢残疾的塞拉里昂人、从卢旺达和布隆迪的大屠杀中逃出来的一个个家庭……

有一次，我撞到一个眼睛很大的年轻黑人身上。

“啊，对不起。”

他不理解地望了望我。我坚持：

“对不起，”我又说了一遍，“我撞到你了。”

他睁大眼睛。我对他指了指那栋楼房。

“怎么进去约见？要排队吗？”

他哈哈大笑，他的牙床是粉红色的，湿润得不可思议，只有一边有牙齿。

“你啊，你刚到开罗啊！”他嚷嚷道。

“是的。”

他抓住我的手臂，仿佛我们认识已久，一边闲逛，一边对我讲解我会遇到些什么。虽说他告诉我的情况令我憎恶，但是他陈述这些信息时的委婉却消减了我的怒火：我得先去要一个号码，让我能在几天后登记预约，预约半年后面谈，从现在起到半年后，我无权租房生活，也无权工作。

“什么？”

“是的。你无权工作。”

“那我要吃要喝怎么办？”

“像大家一样，工作啊。”

“可我没有工作的权利啊？”

“你得工作啊！甚至为了有一点点吃的干很多很多活。”

他快活地指着聚集在我们四周的那几百个非洲人，补充道：

“劳动力便宜，再加上竞争！拥护奴隶制的人和绝望者之间可谓配合默契，谁都不择手段。”

他又笑了，并且向我伸出他那手指极长的奇特的手，手背是巧克力色，手掌是浅灰褐色，就像只戴了半边手套。

“我叫布巴卡尔。要是你喜欢我，你可以叫我布博。”

“你好，布博。”

“你知道我是个黑人吧？”

“不完全是。”我指着他的手掌心提出异议。

他惊讶地扬起眉毛。

“你这个阿拉伯人怪怪的啊，你。刚才你还在道歉。现在竟然开起玩笑来了。你是个有趣的家伙。”

“我为礼貌遗憾。”

“你有住的地方吗？”

“没有。”

“建议你去我的废弃屋。”

那天晚上，布巴卡尔把我带进一栋该拆除的楼房，在一片空地边上，离堆放垃圾的地方不远，有一座至少上百年历史的废墟。他和其他一些利比里亚人占用了四楼，在那里安放他们的包裹、回收的褥子，一个旧煤气炉。那地方肮脏、气味难闻，狭小而燥热。

在接下来的那些日子里，布巴卡尔玩起一种他喜欢的游戏：当我的导游，煞有介事地带着我大步走遍开罗。他把我引进了一个等待证件的外国人的生活。

“你有多少钱？”

“一点都没了，布博，一个子儿都没有了。”

“那你可以去当男妓。”

“什么？”

“是的，总之，对一个白人……实际上，我该说对一个肤色发青的人来说，因为，我觉得你们这些白人，白色皮肤总带点儿绿色，是不是？尤其是阿拉伯人，到了冬天……行，因此，你挺帅，你有很多牙齿，洗一洗，你肯定能让人喜欢。我要是你啊，我就这样赚钱。”

“等等！我不会去卖淫……”

“谁跟你说这个了？我建议你去一家舞厅、一间妇女俱乐部，当小白脸。你不需要睡觉，不需要假装，你只要在酒吧里陪陪她们，和她们跳跳舞，说说话。有机会偷偷吻一下，暗示一下你想要进一步。某种程度上说，就是做个跟单身女子做伴的男人。干干净净的玩意儿。”

“我怎么做得到？我没有好衣服穿，我让人讨厌，我谁都不认识。”

他像个高兴的小猫，单脚转了一圈，做了几个讨人喜欢的鬼脸。

“没问题，萨德。你要是去当男妓，我就帮你拉皮条。你到手的钱分五成给我，我为你提供漂亮衣服和正确的地址。”

“你开玩笑啊？”

“不。”

“那好，一成，不是五成。”

“三成。”

“两成。再不能高了。”

“两成？你认识哪个拉皮条的只拿两成的？我成了世界上最便宜的皮条客了！”

“也许是，可是要按你这么说，我也要变成世界上最便宜的男妓了。”

一阵大笑敲定了我们的协议。

那天下午，布巴卡尔不见了几个钟头，回来的时候把一块手绢紧紧捂在身上，手绢里包着一块金子。

“布博，你有金子？”

“我偷来的。”

“布博！”

"你放心，我是从盗贼那里偷来的。所以，我不是坏人，而是伸张正义的人。"

"你以为我会相信你？你从谁那儿拿来的？"

"掘墓人。"

"可怜的……"

"你开玩笑吗？他是从死人身上拿的。"

"什么？这儿，埃及，死人带着他们的钱下葬？"

"不，带着他们的金子。瞧，这是颗牙齿！"

两小时后，在一个市场，当我穿上新衣，对着镜子检查剪裁是否合身时，我拿起料子放鼻子底下闻闻，体会到这条谚语的正确：金钱没有香臭。

"大开领白衬衣，外面搭配黑色的西服，萨德，你真像职业男妓！"

接着，布博把我带到开罗的一个平民区，指给我看一个大门口，上面用红蓝双色霓虹灯闪闪发光地标出"洞府舞厅"。

"到了。你走下舞池，手肘支在吧台上，等女人来请你喝一杯。"

"你跟我一起去吧。"

"你开玩笑？我啊，人家可不会让我进去。这是个绿色人种的夜总会。"

我犹豫了一下。新的环境让我胆怯，我尽量拖延时间。

“‘洞府’……这名字用来称呼舞厅怪怪的，是不是?”

“称呼一个女人的舞厅不怪。”

“进去的女人看上去都不年轻。”

“别做梦了，萨德，上面标的是‘舞厅’，不是‘天堂’。”

他转动着大眼睛瞪了我一眼，眼珠子上瓷白无瑕的部分更多于栗色的瞳孔。

“你泄气了?”

一个八十岁的小老太婆踩着后跟极细的高跟鞋从我们面前蹒跚而过，她的眼皮画成黑色和天蓝色，她没有身段，也没有脖子，一头散乱的假发。在夜总会门口，她转过身来，朝我抛了个媚眼，示意我待会儿去找她。我哼了一声。

“比这还糟糕，我根本就没气。”

布博笑得不得不撑着腰怕笑岔了气，也多亏了他的好情绪，我相信，没有任何征兆预示会出什么大事，于是，我深吸一口气，穿过马路，走进“洞府”。

衣帽间的女孩是个瘦骨嶙峋的傻大个儿，像个鹭鸶，她毫无顾忌地细细察看了我，评定我身上各个部分的每一厘米。然后，高傲地噘起嘴巴，表示检验结束，挤了挤鼻孔告知我该走哪个楼梯。

下楼梯的时候，女顾客们的各种香水味竞相向我扑来，甜滋滋的、百花香味的、麝香味的、龙涎香味的、晚香玉香味的、广藿香香精味的，走到最后一格时，我已经醉了。

“洞府”展开一个宽阔的舞池，圆形的地板周围摆放着桌子和椅子，让人喝饮料和歇息。几盏低矮的台灯，罩着珠光闪闪的灯罩散发出稀少、柔和的粉红色光线，大厅尽头墙边则是长长的酒吧，墙上数个深红色的氖管把它们淫荡的反射光添加在烈酒瓶上，凸显出一种更为情色，甚至是挑逗性的特点。肉感的海贝里深藏着棕色的蜡炬完成这全部的暗示。

在左侧的乐池里，由五个超龄乐师组成的乐队，本能似的刻板而有力地演奏着爵士乐的基本曲调，他们身穿衬衣和深色裤子，皮肤像木乃伊，毛发是染过的。

我的到来把目光都吸引过来了。五十来个化了妆、梳了头、身躯紧束在利于跳舞的长裙里的妖艳女人，眨着眼睛观察着我。她们来到这个世界上的日子恐怕全都介于我姥姥和母亲的出生日之间。

这个细节让我的心情轻松下来。

我不由自主地对这些已经走完生命大部分路程的女人涌出一阵柔情，我想象她们有儿女，有孙子辈，丈夫死了、残废了或者令人不堪忍受，我看出她们犹豫不决、值得怜悯，但是，她们走完了令人厌倦的人生，现在却挺快乐，我突然对她们满怀同情。

“你从哪儿来啊，神秘的小帅哥？”

热情如火的小老太婆迫不及待地逮住了我。

"从巴格达来。"

"来得好啊，我叫谢赫拉扎德。走，我请你吃果汁冰糕，喝茶。"

她把我像战利品似的一直带到她的桌子边。一个金色头发的老洋娃娃在一边嘀咕，纱丽包不住吃了过多的香甜糕点和蜂蜜所导致的赘肉：

"丑女人的胆子总是最大的。"

从那一刻起，我每天下午都要在"洞府"舒舒服服泡上几小时。虽然我舞跳得很少——也跳得不好——女顾客们还是争先恐后地要我做伴。别的男妓扮演他们的角色时很是卖力——迷人的媚眼、优雅的舞步、自负的做作、细致入微的奉承；我与他们不同，她们赏识我平静的本性、随和，每次谈话保留下的记忆，实际上，我也许是唯一一个从不勉强自己假笑的男人。说实在的，走进我那太婆朋友们的俱乐部让我感受到快乐。

很少有女人想要超出我提供的服务之外的东西。她们经过数小时准备，盘起她们的发髻，用狗皮围巾支起她们的脖子，在脸上涂脂抹粉，用紧身褡箍上腹部，然后，穿上给予她们线条的极其紧身的衣服，来到"洞府"昏暗的灯光里，她们知道自己在制造幻觉。走进舞厅，便是登上舞台，什么都是假的，她们、我、舞者、我们的调情、魅力。滑行在舞池里，她们成了演员，扮演她们自己，表演她们的美丽、灵活，青春。谁都不会愚蠢得甘冒风险，裸露自己的肉体，中止表演。

布巴卡尔很高兴，因为我把一些小东西打包回去了。我那些非洲同伴们却感到很难活下去，他们害怕离开浇铸成形的高高的天花板下的住处，并且怕遇上警察检查，情愿窝在脱落的桃花心木护壁板、残余的地板和一堆堆垃圾之间。至于勇敢者，当种族主义者不排斥他们这些“肮脏的黑鬼”时，便去外面碰运气，他们遭到剥削，可恶的老板不承认他们有休息的权利和获得合情理的报酬的权利以及抗议的权利，他们除了默默承受，什么权利都没有。在此，还得加上来自他们自身的障碍：他们拒绝学习埃及阿拉伯语，因为，这样做意味着他们愿意留在这个国家。布博就曾不得不去捡垃圾，使他得以十分勉强地吃上一餐。

有时，夜深了，那些非洲人，由于喝了一瓶啤酒，便对我讲述“根源”。我们所谓的“根源”，被不祥的咳嗽打断的叙述，说明我们无不以失败告终而聚集到这里的缘由。他们的“根源”让我感到怵栗。相比之下，我在伊拉克度过的童年、丧事、赤贫，以及我躲开的混乱仿佛只是个童话故事，好像是宝莱坞的电影。他们的言谈让我看到行进在新利比里亚的泰勒的军队，他们强奸然后屠杀妇女和少女，从手腕脚踝处割下年长者的手脚，用卡拉什尼科夫步枪杀死青年男子。只有布博保持沉默，顽石似的难以识透，致使我始终不知道他缺失的牙齿证明了暴力还是缺少医疗。

对比之下，“洞府”为我提供了没有价值然而亲切的庇护所。我很快便发现我不应该把这些阴森可怖的故事带入与埃及女人的交谈中去。况且，我不需要交谈，只要听她们叙述，断断续续地讲讲她们自己就行了。

有一个星期六，我在连续跳了两支曼波舞[1]和三支恰恰恰舞[2]之后，去酒吧和男厕所之间的一个暗角独自待一会儿，我脱掉鞋子，揉着双脚。

一个声音在我身旁响起：

“怎么样，儿子，我真没想到会在这种破地方见到你……”

“爸爸，你终于来了。你上哪儿去了？”

“我有权利拒绝回答这种问题。”

“几个星期过去了，又见到你太高兴了！你在这儿陪我不难受吧？”

“啊，你不介意我说，我觉得这儿挺有趣……就这一次，你把我带到一个好玩的地方来了！我活着的时候还从来没机会走进这种地方呢。”

---

1 起源于加勒比海地区的一种舞蹈。

2 墨西哥舞蹈，由伦巴舞和曼波舞的某些节奏交融而成。

"肯定没有。那时的伊拉克还没有这样的地方啊。"

"还不知道呢！生意还好吗？"

"没什么起色。就一点小利。她们给些小费。"

"萨德，我的肉中肉，血中血……"

"不，爸爸，不要做大报告，不要讲大道理。我在这儿没做一丁点儿坏事。"

"是的，你没做一点儿坏事，你什么都没做。绝对啥都没做。你所做的事无可指摘，我们只能为你没做的事感到遗憾。"

"我的命运还悬着呢，爸爸，我等着联合国办事处约见。在这段时间里，我得吃饭啊，不是吗？而且，我给巴格达的妈妈汇了钱。"

"确实……"

他手肘支在吧台上，虽然女人们看不见他，他还是不禁摆出自负的架势，露出无赖的眼神，捋捋小胡子。

"啊，喏，你瞧那个胖女人，橘红色头发的那个。她没让你想起乌撒贝吉尔太太？太不可思议了！你不想过去问一声她们是不是一个家族的？我记得乌撒贝吉尔太太有个表姐妹在埃及。你去打听一下吧。"

"你让我去跟她说什么？我父亲的幽灵发觉您让他想起了乌撒贝吉尔太太？"

"是啊，活脱脱就是一个人啊！"

“爸爸，她不把我当成疯子，便会以为我在勾引她。”

“她不会吃了你的。”

尽管爸爸有点故作正经，他还是很喜欢去舞厅找我。当我想到在“洞府”的那几个月时，我差不多都认不出在那儿的我了：我既看不出昨天的萨德，也看不出今天的萨德，而是一个跟我的过往毫无关联的逢场作戏的人，对邀请我跳舞的富婆们的妖媚无动于衷，彬彬有礼，一丝不苟并且专业，我活在我自己的旁边。既然我只是把开罗看成去伦敦途中的一个停靠站，那么，开罗也只是我生命途中的一段经历罢了。唯一重要的是我的约见。

这个约见终于要来了。当我在“联合国高级难民事务所”看到自己的名字高挂榜上，旁边标明日期、时间、办公室号码时，我觉得自己都乐不可支了。信念使我反应迟钝，我快成功了，我这就要获得难民身份了。

约见那天早上，布巴卡尔俨然成了教练员。

“往船上装货，萨德，残酷的暴行优先，补充了再补充，我们的不幸也可以用上，我的，伙伴们的，全当成你的不幸遭遇用上。要不，对这些联合国的人来讲，总会有什么人比你更不幸的。”

“布博，我不愿撒谎。”

“萨德，问题不是要去拿一张老实人文凭，而是一份受害者证书。你千万别被人当成不法难民、唯利是图者。”

“我相信，凭我的真实情况，就足以让他们给予我难民资格了。”

“萨德，别天真了。联合国的那些人，你要是向他们解释自己是为了逃避贫困，想去找一份工作，寄钱回家，养家糊口，这些东西是引不起他们的兴趣的。他们需要惊人的事件，政治丑闻、屠杀、种族灭绝，独裁者高举卑鄙的武器，挥舞大砍刀或者用上了冲锋枪。你要是只说些饿死啦，失望至极啦，这是不够的。带着长柄镰刀的死神、饥馑、不安全、没有前途，这说服不了他们！”

“我不会说一句假话的。我之所以离开伊拉克，是为了寻找不受损害的正当的生活。”

“你让我受不了。算了，还不如把我的百分之二十给我。”

“喏。”

“什么？就这点儿？”

“只提供最低服务的男妓，我早就对你说过了。我是个没有野心的男妓。要想赚大票子，就得……”

“可是以前，萨德·萨德先生带回来的还是要多一些！不过，我知道，萨德·萨德先生不脱裤子？”

“自从我还清了你垫付的钱以来，我陪完三名女客后就不陪了，我听听音乐。”

“我知道你的志向不是……可既然干了！”

“布博，你的志向也不是当皮条客啊！”

“我吗？”

“是的。要不，你早就把皮带抽出来，把我揍死了。”

“我提请你注意，我要是在厚运动裤外面束一条皮带，我的样子就会显得愚蠢可笑了！不过，你说得对，我们还是业余的，你和我。”

他一声叹息，然后，随机应变，舒展身子，补充道：

“至少在一个细节上你要听我的话。穿成穷人那样，别打扮成男妓去赴约见。能做到吗？”

即将决定我何去何从的联合国女官员在二十一号房间里等着我，我作了两次努力才推开办公室房门。

第一次，我正要敲门，但是没敲下去，因为我感到自己支持不住了。害怕！为对质而惊慌不安，失败的焦虑……一时间，我浑身冒汗，喘不过气来，发出难闻的气味。我毫不犹豫地向厕所跑去，吐出了中午吃下去的，然后用上几卷纸把身上擦干。

我在盥洗盆上面的镜子里看到一个灰头土脸的萨德，嘴唇软弱无力，耷拉着眼皮，然后，在我冲洗手指的时候，我看到爸爸溜到了我背后。

“萨德，我的肉中肉，血中血，星星的汗水，让我怎么帮你呢？”

“你有治害怕的药吗？”

“有。给我描述一下你所想到的。”

“我想到，我的命运在房门的那一头等着我。那个即将询问我的女人——我从接待小姐那儿得知那是个女人——是个魔术师，她手里掌握着我的生死。根据她对我的想法，她将变成仙女或巫婆，善良的或是残忍的，因为她有能力把我变成英国律师或是在她的烂泥坑里打滚的畜生。”

“行。你现在说出来了，这就行了。”

他消失了。我重又走上通往约见的过道。

我在二十一号办公室门上敲了几下后，听到让我进去的指令。

我走上前去，联合国女官员没有动弹，她俯首看着档案，用手指给我指了指办公室里她对面的唯一的一把椅子。然后，她叹息着把好几张纸分别夹进不同的文件夹，把它们堆放好，拿起新的文件，几页空白纸，把她的笔靠近嘴巴。

至此，终于准备好了，她决定细细打量我的存在，并且让我看到她的脸，两只庄重的深色眼眸，被包围在垂落到肩上的中分的浓密长发中间。

“姓名、国籍、出生日期和地点？”

我坐下的时候，发现写在她皮包标签上的名字：希尔赛医生。

约　见

我报上身份，呈递我带来的证件。她歪着脑袋，谨慎得几近怀疑地审阅一番，好像很不情愿似的。

眨眼之间，我预感到她绝不会帮我的。

突然，她微微一笑，我又想，我搞错了：不，在我面前的不是个敌人。

她把我的基本资料记录在档案里后，举起笔，抬起头，问我：

“给我讲讲是什么促使您离开您的国家的吧。”

“我的国家？”

“是的，伊拉克是您的国家。”

“我不觉得自己出生在一个国家，而是在一个陷阱里。‘我的国家’这种说法让我觉得怪怪的。‘我的国家’啊！伊拉克不属于我，它没有接纳我，也没给予我应有的位置。

我在伊拉克，或者不管伊拉克怎么样，我都难得有开心的时候。我不能肯定伊拉克喜不喜欢我，但我能肯定自己喜不喜欢伊拉克。因此，‘我的国家’……这种说法对我不合适。甚至可以说，我听了不舒服……”

令我惊讶的是，她居然表示赞同。她以更舒服的姿态靠在椅子上，用轻柔的声音鼓励我继续往下讲：

“我估摸着您已经不爱这个国家了，您在那儿留下了您爱过的人，活着的或者已经死亡的。请您详细地给我讲一讲这一切。我们不急。”

为什么我固执地认为她对我抱有敌对情绪呢？这场询问的开端怎么会导致我产生有罪的感觉的？有罪，我没有罪！我何罪之有啊？

当时，还没有任何可争议的和被怀疑的东西，因为她缄口不作评论。驱除这个疑虑吧，萨德，别让偏执这个被萨达姆·侯赛因用来感染他的人民的病毒使你退却！挺起腰杆，要自信，回答。

于是，我给她讲述我在独裁时期的童年生活。她不加丝毫克制、激动地记录下我所说的情况——她对此很感兴趣。接着，我讲到禁运，至此，她还是在记录，只是双眉紧锁，额头上横贯一条皱褶。最后，我细细讲述战争，所谓的战后的和平，我未婚妻的死，我姐姐们的命运……

随着我的讲述，我感到她的兴趣逐渐减弱。我还抱着幻想吗？萨德，不要怀疑！接着讲。然而，我似乎觉得她对我的描述并不感兴趣。为了让她信服，我更加坚持描述混乱、骚动、无政府状态，这些此后使巴格达变得完全无法生存的扭曲。她的膝盖在办公桌下晃动。

我以我父亲、姐夫们被杀害结束我的故事，说得不无困难，因为讲到小萨尔玛奄奄一息，泪水刺激着我的眼皮，堵住了我的嗓子眼。

她全神贯注地用几句话记下这最后的高潮，然后，望了望我，准备听取下文。我的沉默向她表明故事已经结束。

她清了清嗓子，望着天花板寻找灵感——没有找到，又清了清嗓子，凝视了我一眼。

由于她迟迟不开口，我大声问道：

“您是医生？”

“不是，为什么？您需要看医生吗？”

“可是……”

“没事！我可以帮您安排。”

“谢谢，我不需要，我只是想知道……”

“什么？”

“挺怪的。如果您不是医生，怎么您的卡片上写着‘希尔赛医生’呢？”

她笑了笑，放松了下来。

“我是社会学博士。我在大学里写了一篇长达三百多页的研究论文，作了博士答辩，这才允许我使用这个头衔。”

我的肩膀耷拉下来，蜷缩在椅子里，羞得无地自容。我这个法学专业的大学生，怎么会表现得如此幼稚？我的愚蠢更显示出我的不安。冷静，萨德，集中精力！

“那是在哪儿？”

“美国。哥伦比亚大学。”

“可您不是美国人吧？”

“我想，我们来这儿不是为了讨论我的问题的吧。”

我哑口无言，再次感到自己犯了错误。

她叹了口气，打了个厌烦的手势，考虑了一会儿，打量了我一下。

“萨德·萨德先生，您想要取得政治难民身份？”

“是的。”

“为什么？”

“您不是听我说了一个钟头吗？”

“为什么您现在才来申请这个身份？”

“什么？”

“您应该在萨达姆·侯赛因时代来做这件事情啊。”

“请原谅，那时我还小了点儿，还没下决心离开我的国家。”

她轻轻摇了摇头，用无情的口吻说：

“遗憾。”

“什么？您不会把我的档案呈报上去了？”

“会。”

“就像这样？”

“就像这样。但是我知道会有怎样的下文：否定。”

“什么？”

“萨德·萨德先生，我对您直言相告：您很可能得不到难民身份。”

“为什么？”

“因为伊拉克被美国解放了。因为今天的伊拉克是一个自由的国家。因为伊拉克正在走向民主。所以，那里不再有问题了。”

我惊呆了。再多说没用，现在，我明白了最初的直觉：希尔赛并不想听到我跟她说的那些事情！她不过是用手指头在记录，带着怀疑、勉强。研究她的报告的那些人也会有这种态度，用眼角扫一下，带着怀疑、勉强。他们会像她一样，喜欢开头，讨厌结束部分。在他们看来，西方人从独裁者的桎梏下解救了伊拉克，他们谴责紊乱的结果，却不认为自己有责任，甚至判定是我们的错，我们，伊拉克人，不会使用他们给予我们的自由，我们这些阿拉伯人，极端分子、野蛮人、分裂派，比他们更有罪。我怎么不早些想到这个呢？

为了不要发火，我把注意力集中在观察我的左脚踝上，心里想着我父亲。

“我还有多少希望？”

“几乎没有。千分之一。”

“这一点儿我也要！哪怕一百万分之一我也要。”

“萨德先生，请您理解，用行政用语来说，技术手续已经进行。可我预感到了结局，我想让您在已经打上不幸的烙印的生活中避开一次失望。我告诉您是出于人道。”

“出于人道？说得确切些是考虑我的感受……”

“您难以接受，可我没有愚弄您，萨德先生，我极不愿意您浪费时间和您宝贵的青春。您已经吃过很多苦了。”

“蒙您的深情厚谊。您的建议是什么？”

“回家。回伊拉克。”

“回伊拉克？为什么？回去等着美国人和英国人撤离，然后期待着再出现一个独裁者以人民的名义霸占这个国家，让人在所有的大路上竖起他的青铜雕像，杀死他的政敌，是这个吗？我还得坚持？我还得看着屠杀？我还得耐心等待，直至不公正重又变得明目张胆吗？还得有个军人完成一次政变？让一个宗教完整主义者打入政权核心？在您看来，这需要几年？让一个无赖完成这一切需要多久？五年，十年，十五年？给我一个大概的时间，好让我定下下次在这里约见的时间！”

她没有在意我的大吵大闹，继续用温和的口吻说道：

“不要太悲观了，形势会好转起来的，这是我的信念。也不要在暂时的泄气前面让步。保持对您的国家的信心，保持对解放你们国家的人们的信心，保持对它在我们的帮助下重建能力的信心吧。”

我真想大叫“人家就是为了让您说这些不着边际的话给您发工资的吧”，可我看得太清楚，她是真心实意的，她听不进我的话和安慰我的愿望都是真心实意的。我垂头丧气，就听见自己在嘀咕：

“我绝不回伊拉克，绝不。”

她向我伸出手，感谢我的造访，对我重复道，档案将从一个委员会转到另一个委员会，这样，几个月后我就能收到答复了。

回到街上的阳光下，我感到头昏眼花，于是站住不动。

“现在我怎么做才能去英国啊？”

几小时后，夜晚，我精疲力竭，坐在尼罗河边，在一栋豪华别墅的矮墙下，墙那边，金色的火炬光下正在举办舞会。从我所在的位置，透过树木，我隐隐约约看到穿着白色的和银白色服装的人在震颤的鼓声和疯狂的喝彩声中翩翩起舞。人怎么能这般无忧无虑啊？

我在这个世界上没有立足之地。

尼罗河水在我脚下滚动，缓慢、平静、冷漠。

干吗不跳下去？尼罗河里能自杀吗？

“不行，儿子，河水不够深，而且也不会把你带得很远。”

爸爸来到我身边。我悲哀地下结论道：

“所以，诸事不利……”

“所以，一切顺利！”

爸爸在我身边坐下，拍着我的肩膀，尴尬、局促不安，喉咙里含糊不清地想吐出些尚未说出口便被废弃的语句。他在平时总认定自己不善于担当安慰别人的角色，因为他那么害怕失去轻松的风格，他在这种风格中如鱼得水。

“爸爸，他们杀死了你，现在他们要杀死我了。”

“不，他们杀死你的希望。这能把人击倒。但没那么凶残。”

父亲试着往河里吐口水，但是吐不到，然后，又说道：

“同时，你得承认，你的希望相当愚蠢，接受这一点吧。”

我刚受了委屈，承受不了这种轻描淡写的口吻。我气得浑身发抖。

“照他们说来，万事顺利：他们没有侵略我们，他们解放了我们；他们没有在我们国内制造混乱，而是在没有能耐接受和平的伊拉克人身上栽了一下；我觉得自己像是在和审判人员打交道，我发现自己是在和战胜者谈条件。爸爸，他们讨厌我，他们讨厌像我这样的人：在向他们申请难民身份的同时，唾弃他们的行为，我让他们难堪、受辱，我要他们仔细看看自己的罪行，我对他们已是是可忍孰不可忍了。”

爸爸在水波上晃动双脚。

“听着，儿子啊，我们总不能这么叹息一晚上吧。如果有问题存在，就会有解决的办法。”

“解决办法吗？你让我跳进尼罗河淹死算了！”

“你用一把牛油刀也能自杀。”

他咯咯笑了，然后补充道：

“或者服用超剂量的洋甘菊茶剂。”

他拍打自己的大腿。

“只要别在蜘蛛网上吊死。”

我打个手势，止住他的胡说八道。

“你还觉得这挺好玩吧？”

“我，是的。你不觉得？好了，萨德，让我们还是简单一些吧，结果只有两个：要么你回去，要么你去别的地方。”

“回去？绝不。那表示决心接受失败。”

“那么，你找到出路了！你知道这个解决办法了！咱们继续向前。”

“咱们？”

“是啊，我陪着你。”

夜半时分，我回到非法占用的居所，找到布博，偷偷躺上他的褥子，没有惊醒别的利比里亚人。在半明半暗中，我告诉了他我的失败，以及我另辟蹊径的愿望。

“我们现在半斤八两了，萨德，他们也拒绝了给我难民身份。”

“什么时候的事？”

“去年。我瞒着不告诉你是怕让你泄气。”

“什么？你也是？你的家人在你的眼皮底下遭到了枪杀，肉体上的酷刑，被打掉的满嘴牙齿，居然没能……”

“他们借口我没有任何书面证据证明我的出生和国籍。”

“换句话说，他们指责你撒谎！”

“这也是他们的手法。他们觉得美国收留一个既没资格，又没文凭的布巴卡尔无利可图。”

他用一个手指使劲抠了抠头皮，就像能帮他抠出最佳想法。

“你知道，萨德，专制政治，这至少是一清二楚的，玩儿得明白：我们知道有这么个中央集权，它不受任何惩罚地行使着独裁。在西方，这是比较大的罪恶。他们不要专制君主，而用一些被组合起来的政府机构，一些比任何电话号码本都长的规章制度，由怀着某种企图的人们炮制出来的法规。最终如何呢？一样荒唐的答案！人家不相信你，你排不上号，你的生命不重要。如果说，你摆脱了取悦于暴君的忧虑，你会发现你不适合于这种制度：太迟了，没有循规蹈矩，缺少正式文件。你是利比里亚人？拿出证据来，否则，维持原样吧！”

“跟我一起去伦敦吧。”

“我想去耶路撒冷。像我这样的人在那里应该能找到工作，然后，经过多年努力，在那里赢得合法地位。我有个亲戚在一家餐馆帮我找了份洗碗工的工作。你跟我去吧。”

“别忘了。一个阿拉伯人去以色列定居，这就像让一条鱼去沙漠里晒太阳。你还不如和我一起去伦敦。”

我们讨论计划，一直到天色放光。布巴卡尔因为我建议他和我一起走心烦意乱，但是最终还是接受了我的目的地。

“好吧，”他最后说，“给我几天时间。我这就去做个调查，好知道该怎么办。最要紧的是要有一只脚踏上欧洲。然后，咱们再设法解决问题。这段时间，你就在‘洞府’，对那些太太们多殷勤笑一笑，我们会需要钱的。”

接下来的那些日子，我在楼下吃晚饭的时候没见到布博，这是我们一天中唯一的一餐。就在他满开罗奔走，寻觅路子的时候，我使出浑身解数，以求得到更可观的小费。

经过一个月的紧张工作，终于，布博来到了舞厅门口，出现在我面前。

“行了，我得到了可靠消息！跟我走。”

他兴奋、激动，两只眼睛滴溜溜地四处观望，然后突然笑了。他带着我没完没了地往前走，最后，来到一个足球赛场前，赛场周围的看台可以容纳好几千观众。

“到了，就这儿。”

“什么？”

“我们逃跑的办法。”

我四下寻找能在布博身上点燃起希望的东西。他痛苦地尖声干笑，发出一个没有睡够而神经紧张的人的笑声。

“布博，拜托，给我说清楚了。”

他用他那只双色的手，指了指框在体育场大门上的巨幅广告牌。

在十米宽四米高的纸板中央，九名摇摆舞女画着黑眼圈，梳着爆炸型头发，穿得像“殡仪馆里的洛丽塔”，从她们的照片上嘲弄地俯瞰着我们，恶意地吐出舌头，而在装饰图案的旁边，呈金属光泽的高高的斜体字标明“音乐会满座”和“加场”，醒目而恐怖地预告演出《美人鱼》。

把证件丢海里

有的梦让我们留在迷糊之中，有的梦则使我们保持清醒。

我出去的欲望给了我取之不竭的能量，一种持续的、不断更新的力量，比我更强大，超越包括良知在内的任何界限的力量。

我为什么要离开埃及，而不是就在这儿安顿下来？

我要是就在这儿放下铺盖，我要是把去西方的愿望付诸尼罗河，我能够在这里赢得扎实的地位，从而免去数年艰辛和屈辱。

为什么？

没有比从巴格达逛到开罗，从一个阿拉伯人的首都转移到另一个阿拉伯人的首都更为省事的了。

为什么？

当我们回顾以往的生活，我们会觉得那里有许多“为什么”在嗡嗡作响，是我们以前没听到的，那里满布着交叉路口，我们看到的却只是直线。我走进法老的城市，信誓旦旦地要从那儿出来，想都没想过留在那儿的可能性。谢谢，萨达姆·侯赛因！再次谢谢令人厌恶的独裁者，虽然他的手再也抓不到我了，他却还在继续对我施加影响。自我的童年以来，蛊惑者贩卖给我那么多的阿拉伯主义，阿拉伯的军力、阿拉伯的战斗、阿拉伯的骄傲，使我对这个口号产生强烈的反感。在逃离伊拉克，然后是埃及的同时，我丢弃的不只是我的国家和它的近邻，而是我的一部分，萨达姆极权统治激起的这种心悸：我的阿拉伯灵魂。不管在哪里，我一看到这些理想，甚至只是它们的印迹或遥远的回声，我所感到的都纯粹是谎言、欺骗和幌子。毋庸明言，我讨厌阿拉伯世界。

然而，我没想到，一旦踏进非阿拉伯世界，我会变成值勤的阿拉伯人。我们以为逃脱樊笼，岂知却随身带着铁栅栏。不过，这便是我以后要讲的另一个故事了……

布巴卡尔忠于他的巧妙设想，很幸运地把我们的命运和美人鱼联结起来了。多亏了她们，我俩才得以远走高飞，接近我们的目标。然而，我们也将看到，和她们交往，这段经历不无危险……

地球人谁不知道美人鱼？她们的名气那么快便超越了

她们的本土——瑞典，以至于今天，已经没人知道她们来自何方、就像她们霓虹灯广告上用英语写的：*Herbal Tea*[1]，一首麻醉品赞歌，已红遍全球。

这些魔女最初是三个人，取名“魔鬼附身的玩偶”，接着把她们的小组扩大为五个人，更名为“美人鱼肉糜”，并且解释道“美人鱼肉糜跟所有罕见的肉糜一样，是一种掺了假的肉糜，比如，云雀肉糜里有百分之八十不是鸟肉，只有百分之二十是鸟肉，我们则有百分之八十不是歌女，百分之二十才是歌女”。最后，她们扩大到九人，便取了“美人鱼”这个名字。

这些美人鱼表演的不是那个古老的传说，她们和半鱼半女人的鱼美人毫无共同之处，一点儿都不像赤裸着胸脯，目光闪烁，长发遮住取代了双腿的鳞片尾巴，摆动着臀部的美人，一点儿都不像那些传说中迷住水手后把他们淹死在海里的诱惑力让人无法抵御的创造物。更胜于从前的美人鱼，她们展现的是今天的美人鱼，她们的大嗓门像发生火情或有小偷闯入时发出呜呜叫声的电警报。

凡是去听过美人鱼音乐会的都知道，使她们称得上这个名字的是她们的尖叫。把音量推到极致，凑近话筒唾沫横飞，以便让每个词都听不清楚，把她们的金属器乐声增

1　意为：草药茶。

强到不可忍受的畸变，她们在舞台上致力于营造十足的歇斯底里。她们穿着用废弃罐头盒剪出来的衣服，她们拍打吉他而不是弹奏吉他，大喊大叫而不是唱歌，淫荡地使劲扭动身子而不是跳舞。恶魔似的，跳跃、嘲笑、挖苦，她们不给自己片刻休息，像一支坦克部队，不容反抗地碾压着观众。面对着这样的演出——它不为耳朵表演，因为它把耳朵都震破了，而是为观众的忍耐力所做的演出，观众只有两条出路，或者逃跑，或者投降。于是，只剩下愤怒才是解救的办法。

我第一次和她们一起工作的那晚是她们在开罗的最后一场音乐会。在最初十分钟里，五个小女孩被踩，几番昏厥退场后，演出节奏达到了过热的程度。疯狂的美人鱼们把观众当成狗屎，大肆侮辱；观众被征服，当即有节奏地唱起他们记得很熟的歌曲。我觉得这种介入既妙不可言又不可理解：在这一片喧闹声中，他们怎么听得出旋律是什么？他们怎么辨别出隐藏在嘶哑的虎啸声后面的歌词？我渐渐发现粉丝们的奥秘，这些人拥有平常人所缺乏的能力，只有他们能找到让美人鱼的录音通过而不爆炸的播放器，只有他们的脑子能记住支离破碎的文字，也只有这些顾客会花上一大笔钱买票，不是为了去看演出，因为他们就在舞台下闭着眼睛乱动，也不是为了去听音乐，因为那音量大得震耳欲聋。况且，他们互相挤得像糯米饭中的米粒，让他们怎么扭动身体，举起双臂鼓掌？那么，在一起撕破嗓门大叫能有什么乐趣？就像在炸弹底下唱歌似的……

演出应得到这种自相矛盾的评价：完美的混乱！从头到尾都让人无法忍受，没有一处不是低级趣味，不可思议的同质性，没有一点点好看、好听的东西，气味都不好闻，因为，女歌手们和人群很快便从腋下渗出一股酸臭味。最后，美人鱼们还被要求再来一个，喝彩声、掌声经久不息，确实，天性害怕空无一物，公众害怕安静。

那晚我完成了自己的工作：阻止粉丝们跳上台去。为此，我得站在扬声器巨大的反射板旁边。那些高音喇叭只怕是全世界演艺界音量最大最强的一种了，尽管我耳朵里有耳垢，头上戴了头盔，音乐会结束的时候，我的耳朵还是被震聋了，头昏脑胀。

打击乐的节奏加快了我的心跳，把血液送往我的小腹部，促使我不由自主地想要做爱。

观众们疏散时，场子里逐渐安静下来，变得沉寂一片。沉寂和嘈杂一样让人耳聋。

我蹒跚着走向舞台另一头的布博，他的任务和我一样，负责安全保卫工作。他平时巧克力的皮肤变得带点黄褐色，他把一只脚搁另一只脚上扭动着，手插在厚运动裤里，像个想要撒尿的小顽童。我在问他情况如何时发现我听不见自己的说话声。他惊讶地开合着厚嘴唇回答我，却没有发出一点儿声音。

我们俩都成了聋子。

这便是为什么美人鱼的老板每晚雇用非法打工仔的原因：职责摧毁雇员的健康。没人愿意为几个美元失去自己的一个感官，他知道，只有没有合法资格的劳动者，才会接受这项工作，过后也不会把他诉诸法律。

在体育场更衣室里，布博扯下一块石板，加上一支意外发现的粉笔，我们才得以交流。

“还干下去吗？”他乱涂道。

我颔首肯定。不存在放弃的问题。如果我们待在美人鱼的车队里，我们就能离开埃及，然后，坐卡车到利比亚，然后进入突尼斯。在这两个国家中的任何一个，毫无疑问地，我们都能找到去欧洲的船只。

因此，布博便设法去打交道，找一个高个子牙买加黑人，让我们能在关闭的大厅间睡觉。

第二天，我们听到了一些说我们搬家时会挺有用的话。六辆重型卡车搬运美人鱼们的电气设备——声像监控器材、聚光灯、扬声器反射板，值勤的人们欢迎我们这支生力军加入拆卸、搬运、安放部件的行列中。

下午五点光景，美人鱼们醒来，走出她们的旅行拖车，急急进入用作餐厅的帐篷。

尽管我们无权接近她们——她们的合约特别规定任何

工作人员，除总监和导演外，均不得和她们说话，我还是瞥见了几个去掉脂粉、卸下假面后的女人，她们和前一天夜晚不同。她们平静、漂亮、稳重，喝着咖啡和果汁，在努力恢复体能。

这时，牙买加人给我们解释了这种实业机制是如何运作的。这些自诩为明星的美人鱼，其实只是些可更换的工具。罗昂，总监兼创意人，招聘来一些与其说是规规矩矩的女孩，不如说是优秀乐师，加以调教，让她们模仿“魔鬼附身的玩偶”的始作俑者——三个十足的下流女人，她们放荡、盛气凌人、疯狂到了极点，她们目前已安安分分地在斐济群岛吸毒，并不为公众所知。因此，是有教养的女孩在向没教养的女人学习。一旦有外界观察人员走进圈子，新招收的便勉为其难地作出生活腐化的样子：她们强迫自己向男性抛去淫荡的媚眼，仿佛在不断地发情，说话俗不可耐，吃相更是不堪入目。

“一旦她们中有人濒于崩溃，罗昂便换人，观众看到的永远是激情。可怜的女人，她们坚持不了很久。耳朵里塞了棉球，医疗治疗，宁静疗法，尽管如此，队里最早的那批演员也完全成了聋子。然而，她们中还是有两个留着，因为，接待采访人员时，她们就是王牌：什么都听不见帮助她们表现得不可理喻，回答记者时满口胡言。新闻界对此却心醉神迷。”

在接下来两天里，我和布博脑袋疼得厉害，有点趺趺撞撞。为了躲避利比亚边境的海关检查，我们不得不藏身在电器零部件之间，如此安排倒是不错，因为，我们得以窝在防震泡沫里睡个安稳觉，好好休息了。

在的黎波里[1]，我们运气好，为了三场演出住了两个星期。白天，布博出去以求建立联系，而我则随着牙买加人干我的力气活。

三场音乐会结束的时候，布博激动地跑到我的岗位上，顾不得我们暂时的耳聋，打着手势，用他那两片厚嘴唇夸张的动作向我宣布，他找到了渠道。

于是，就在我们的重型车队沿着地中海行驶，快要抵达突尼斯边境的时候，我和布博跳下卡车，滚进沟里，我们向美人鱼们招手告别，让车队以蜗牛爬行的速度继续它大喊大叫的巡回演出。

就在我们即将返回公路的时候，由罗昂驾驶的一辆白色轿车冒了出来，他收起了老式车车篷，把它加长成了漂亮的敞篷车。

“这个蠢货，多好的脸色啊！”布博愤愤说道。

罗昂敞开衬衣，露出剪刀修剪过的毛茸茸的胸脯，炫耀着不真实地闪着金光的褐色皮肤，就像他头发的浓密和

1　的黎波里：利比亚首都，是利比亚最大的城市，全国政治、经济与文化中心。

乌黑一样不真实，仿佛把他变成一贯在游泳池边过日子，戴着花斑边墨镜，喝饱了多色鸡尾酒的花花公子的原型。

“正常啊，”我低声说道，“他从来没完整地听过一场美人鱼音乐会。他可不傻！他躲在后台，离得远远的，不受声音干扰，在监视屏上观看演出。”

按照我们接到的指令，我们得赶去祖瓦拉赫港，每星期都有三艘满载偷渡客的轮船从那里驶出。

布博出于谨慎，坚持沿着路边，低着脑袋走路。我们穿着棉布衣服，就像偏僻角落的务农者。

到达祖瓦拉赫之前，我们隐约看见一个临时的宿营地，一个用破布、麦秸、纸板搭起的小村子，偷渡客们临时搭建的贫民窟。我当即建议去他们那里。

“你疯了。”布博嚷嚷道。

“不，他们能告诉我们一些信息。”

“你以为水牛吞下的草茎会互相询问牛儿的口气好不好闻吗？”

“布博，别用非洲谚语，拜托了。要说晦涩难懂，我已经有了我父亲，这就够我头疼的了。你想说什么？”

“这些可怜虫不会指点我们干坏事的。但在他们跟我们竞争上船方面，他们是我们的敌人。总之，投身在狼嘴巴里挺危险。”

“什么狼？”

“卡扎菲，利比亚总统。他接到了西方的命令。西方敦促他担当海岸警卫的角色，大大增加监督和警察侦查以便逐出谋求偷渡的人。欧洲必须在波涛天堑的保护下，继续扮演不可攻克的堡垒。太阳落山了，我们还是远远地躺在沟里吧。”

我们很不舒服地穿过黑夜，蜷缩在一道斜坡和一片多刺的灌木林之间。

然而，早上醒来的时候我并不后悔。布博有道理！七点钟，有几辆车停在那片营地前，车上冲下来一群人，没用暴力，但也毫不客气地夷平营地，把囚徒赶进军车。过后，他们将被送回老家，或者关进拘留中心。

“谢谢，布博。”

“为他们悲哀，为我们高兴。我们在最近的航次里能有位子了。也许，我还能跟船家讨价还价，争得点儿优惠，因为船家们的神经才紧张呢。”

我突然明白我们真的要走了。

“船费多少？”

“这你就甭管了”

“回答。”

“目前还是一个人两千美元。”

这个消息快把我击倒了。

“我们绝对交不出这笔钱的。”

布博确认没人在看我们后，一屁股坐到地上，脱下右边的鞋子，然后揭开鞋垫，从中抽出一摞钱来。

“我们的工资。一个人两千美元。”

“什么？我们赚了这么多？”

“你开什么玩笑？听着，在的黎波里的第一场音乐会之后，美人鱼们极其神思不定，我便在她们中一个冲澡的时候从她包里摸来的。在我看来，她没发觉，因为她没声张。”

“布博！”

“唔，这笔钱她给自己买极短极短的裙子一下午就花了！”

“布博！”

“这是我们震聋耳朵的代价。”

我们从一个藏身处到另一个藏身处，等待吉时的到来。布博找到别人告诉我们的那个的黎波里的接头人。他就路费讨价还价。最后，我们得知了动身的日期。

“星期五晚，深夜。”

布博大喜。我则刚刚明白自己又将上船冒一次风险。

我借口去河边洗衣服，避开我的同伴独自待一会儿。

在那儿的小池塘边，几茎嫩绿色的芦苇中，我脱下衣服，然后把我们的衣服一起洗掉。

爸爸不一会儿就来了。

“啊，你来了！我还在想是不是美人鱼把你吓坏了呢。”

“理解，儿子啊。这种美人鱼在我们——死人那儿也已经有了，一样的丑陋，一样的喧闹，在阴世最偏僻的地区。我还不想对这些吃尸体的女鬼们的嘴脸弃之不顾呢。怎么，你又要进海军服役了？”

“噢，别跟我说这个。”

“你怕有点儿晕船？”

“我希望非常非常的晕船，晕得失去知觉，晕得昏迷不醒，这样，我就什么都不知道了。”

“你说得对，儿子。有时候，有点儿难受比很难受还让人受不了。你们要去哪儿？”

“兰佩杜萨岛。意大利南部的一个小岛。一踏上那儿，我们就到欧洲了。”

星期五晚上，我们前往约定地点，离港口不远的一个僻野的小海湾。当我看到船是那么狭小，而在山岩上等着上船的人数那么众多，我以为出了什么差错。

“布博，赶快，我们挤到前面去，人数太多，船家不得不有所选择。”

布博从人群中挤过去，我们挤到前十名，把我们的船钱递给那些组织偷渡的凶神恶煞的人，然后，跳上小船。出乎意料地，我离开实在的陆地心里才感到踏实。

然而，船还在上客。

船上越来越挤，偷渡客们人摞人挤在凳子上提出抗议，继而辱骂还在陆地上的那些人，陆地上的人以同样的激烈程度回骂。木头发出爆裂声。在双方唇枪舌剑争斗不已之际，那几个彪形大汉，兢兢业业、心平气和、毫不动容地继续在帮客人们上船。船体渐渐陷进波涛。

在最后一名乘客安顿下来之前，我们明白了，我们将有五十人乘坐为十个人设计的小船出海航行。我们几乎为冒昧抗议感到羞愧了。

我垂着脑袋，紧紧抓住船舷。就这样，我不仅得忍受大海的颠簸，还得忍受拥挤。由此可以预测这次航行会很不舒服。

“你发现没有，布博，在这个空间里，我们并不比美人鱼音乐会上的粉丝们更挤，可是，效果却不一样呵。”

“别担心，萨德。”布博呻吟道。

就在他回答我的时候，我闻到一股恶臭味。

“而且，还有臭味。”我说笑道，“你按经济价为我们付了运费，是这个在放屁。”

“是我，萨德，我放的屁。我害怕。”

我摆动双肩，挤到他前面。月光下，我瞥见他惊慌失措的双眸，额头的汗珠涔涔而下，我脸上感到他呼出的因为不安而更沉重，带着酸味的气息。

“你不喜欢水吧，布博？”

"我不会游泳。"

看到他吓成这副样子，我不再想到自己，不再想到我的恐惧。我一心一意就想如何安慰他。

"干吗要游泳？我不觉得你有必要下水去推船啊。我看到有发动机，闻到一股强烈的柴油味。"

"柴油？如果船不沉没，那还可能着火啊！"

"是的，甚至可能水火夹攻：先烤，然后我们的骸骨沉入水中。对鱼儿来说，这才是美味的烤全羊。这样的程序，你干吗？"

船儿起航。

那天晚上，我强迫自己听从于理智：不要呕吐，不要昏厥，照顾好像树叶般颤抖的布博。随着我向他说明航行进行得很顺利，小艇运行正常，我自己对此也深信不疑了。

当然，睡觉就别想了，因为我们根本就没地方保持直立而两肋不夹在三条臂膀之中，躺下的地方就更没有了。

晨曦中，我看清楚了一些组成我们这支奇特的队伍的人员：许多黑人——女人、男人、孩子，大多数是孟加拉人，还有几个来自尼罗河三角洲扎加齐格[1]的埃及人，全都怕海怕水。全都饥渴交迫。随着太阳升到天顶心，又全都开始怕热。

船老大对呼喊、恐惧、威胁一概无动于衷，他凝望天

1　埃及东北部城市。

边，保持着巡航的节律。

下午过去一半的时候，有个声音叫了起来：

“那边！那边！那儿有人。”

船老大抛开沉默和刻板，问清确切方位，朝那个点驶去。

我们在波涛上分辨出一个受了伤的人形，衣衫褴褛，挂在一张捕金枪鱼的网上。

他软弱无力地伸出一只手。

“他活着，”我喊道，“他还活着。”

作为直截了当的回答，船老大把小船朝反方向驰去，他恢复了先前的那副模样。他将绕过那个人，不去救他。

我表示抗议。

船老大装出没听到我在说什么的样子，接着，由于我坚持，他终于对我大吼：

“你这就给我闭嘴！我在这儿是要把你们带去兰佩杜萨。我没时间当救生员。”

“可是，海洋法……”

“海洋法，你这个伊拉克人，你知道什么呀？如果我看到海上有个水手，我会救他。可我们还从来没看到过有哪个水手吊在捕金枪鱼的渔网上。你看到的这个家伙是和你一样的傻瓜蛋，一个从跟你所在一样的船上掉海里去的傻瓜蛋，一个付了钱，但是付给另一个人，而不是我，让人家把他送去兰佩杜萨的傻瓜蛋。我对他并不负有责任，这压根就不关我的事。现在，你要是不满意，你可以跳下去和他汇合，行不？”

布博把脑袋伸进我的脖子弯里，轻声细语地对我暗示：

“我想你是不会这样做的。”

“可是……”

“别再把他惹毛了。拜托。为了我。”

航行继续，我们进一步明白可能出了什么事情。随着小船前行，我们隐隐约约看到一些可疑的形状漂浮在波涛上。如果说，最初的那些能确定是鞋子、手提箱、衣服，那么，有些团状物就像是人了。很快这便不再存疑：一些女人、男人、孩子的尸体漂在我们四周。肯定有条船沉没了，把它全部的装载付之流水。

在我们的小艇上，所有人一个个伸长脖子，喉咙发出低声呻吟，但是谁都没加评说。沉默是我们唯一的反应。也许，我们还抱有希望，沉默无语能有助于抹去我们不忍目睹的情景，不把恐怖变成言辞就能缩小它的影响，甚至缩小它的现实意义吗？

船老大似乎看透了我们的心理活动，把下巴抬得高高的，自大、傲慢、信心十足。他知道，从此时起，恐惧封住了我们的嘴巴。我们再不会对他的命令提出不同意见了，一直到我们踏上陆地，他都将是我们的英雄。

我的想象力在驰骋。他们是怎么沉的船？怎么会沉船的？我极目天际，想看看有什么礁石，我极力扭转脖子，好肯定天上没有密布乌云，我面对着海风，想确定刮到我脸上的风来自何方，是顺风，还是来自远方的狂暴的风。

晚上，船老大停下了发动机，告诉我们他想睡觉，我们等天亮了再行出发。我们为他做了不会为我们中任何一个人做的事情：给他腾出够他躺下的空间，而我们则直挺挺站着，比任何时候都挤。

夜晚慢慢地流逝。我站着睡觉，不停地醒来。我仿佛觉得船在朝一侧倾斜，我一睁开眼睛，它便又平稳了。我只要不加注意，它便倾侧。在噩梦似的迷糊中，我觉得自己对我们的命运负有责任，可笑的值夜人仅凭着眼皮的张阖力在向海难作斗争。

黎明，发动机轰鸣，我们的船老大重又精神抖擞地乘风破浪。

突然，他皱眉蹙额，骂起人来。

“他妈的！他们在那儿呢。”

他把操纵杆交给身边的乘客，拿起望远镜仔细观察远方。忧虑扭曲了他的脸，他的嘴皮含糊地蠕动，眉毛战栗，脑袋一会儿转向右边，一会儿转向左侧，给人的印象似是在寻找解决办法。

他放下望远镜，灵机一动，打量了我们一下，宣布道：

"改变航向。我们去马耳他。兰佩杜萨周围来来往往的可疑船只太多了。海岸警卫干得很卖力啊。"

我们中有些人抗议，我没介入。我知道这个人一旦作出决定便不会动摇，因为，我同意了把我的命运交到他的手中。

布博低声安慰我们：

"兰佩杜萨和马耳他是一回事。"

"不，布博，马耳他不属于欧洲。还不属于欧洲呢。"

"你能肯定？"

"我啥都肯定不了。可我不信。不管怎样，我们总是要离开马耳他去大陆的，就像要离开兰佩杜萨一样。"

"也许那样会容易一些？"

"也许吧。不用中途停靠的航行是不存在的，是不是？"

我们意识到了自己身陷困境，被剥夺了决定权，我们不得不强迫自己乐观，这是唯一尚取决于我们意愿的行为。

轮船转向。每隔一段时间，我们的船老大便要确定一下是不是有海岸警卫追上来。好几个小时之后，他才放松下来。

夜晚，我们像前一天晚上那么处理，给他腾出睡觉的地方，眼巴巴地望着他又吃又喝，而我们中的大多数人所带的吃喝都已告罄，我们还得在摇摆不停的小船上保持安分。幸好，疲惫和沮丧开始夺走我们产生焦虑的能量。

一个苍白的太阳蛮不高兴地懒洋洋爬上来，唤醒了我们的船长。他嘀嘀咕咕，伸了个懒腰，骂了句粗话，吐了口痰，重启他的发动机。

“今天晚上我们就可以到马耳他了。”他一时高兴，宣布道。

这个消息预示我们只消再忍受几个钟头的不适。有些女人和她们的孩子已经受不了了。因此，大家决定明显地表现出真正的喜悦来帮助他们撑下去：有人开玩笑，有人唱歌，有人欢笑，有人互相逗闹。

我们感到这场苦难快结束了。

马耳他出现了，迷人、宏伟，矗立在王冠似的悬岩上的房屋就像一颗颗钻石。毫无疑问，这就已经是欧洲了。我心战栗。

我们没有水手的船长抓着头皮。他向我们解释，他知道该去哪片海滩登陆，那地方白天有很多人。

我们不得已再次听到发动机停了下来。默默地待在海面上，我们得等待。

我觉得黄昏仿佛没完没了。太阳已经坠入海中，而整个景象却得用上漫长的时间才冷却，失去颜色，抹掉它的凹凸姿态。

夜色完全黑了，我们的船长才重新启动。

船刚驶出一公里，警笛声便响了起来。三条船向我们扑来，船头上装着探照灯。

船长发出一声咒骂，试图玩个手段，接着，他明白了自己已被包围。他为了让我们听清楚，大声说道：

“海岸警卫！他们将逮捕我们。”

他抛开指挥岗位，分开人群，来到我们中间。

“我和你们一样也是偷渡者。就说船长在傍晚时掉海里去了。你们不认识我，你们以前没见到过我，别胡说八道，嗯？不要揭发我。因为，我会被关进监狱。你们不会。”

哨艇迅速向我们冲过来。

我当即转向布博，问他道：

“那我们呢，我们的危险是什么？”

“我一无所知，我……让他们驱逐我们，让他们把我们送回家吧。”

“他们怎么知道我们是从哪儿来的？”

“看我们的证件啊。”

我心中同时冒出想法和决定。

“布博，把我们的证件丢海里去。”

“你疯了。”

“把我们的证件丢海里去。这样，他们不会知道我们来自哪个国家，就永远都不可能把我们驱逐出境了……”

“萨德，你究竟清不清楚什么证件都没了会怎么样？”

“布博，瞧，我把它们扔了。”

我的皮夹从甲板上飞过，落入波涛中。谁都没注意。

“该你了，布博，快！”

布博在犹豫。他手里拿着他的身份证明，哆嗦，焦躁不安。在我们周围，乘客们用各自的语言发出焦虑的呼喊。其中有个人刚跳入海里。

哨艇通过高音喇叭向我们大声下达命令。光束开始停留在我们脸上。

“你再不马上扔掉，布博，他们就会看到你，那时就迟了。”

布博咬了咬嘴唇，大喊一声，把他的证件从船舷上抛出去。

这时，一只挂钩搭上我们的小船，两名警员已经跳到我们中间。

有个女人在尖叫，仿佛攻上来的是海盗。

待在这里不是好主意

蜘蛛不知疲倦地加固它张在窗栅栏和墙角间的丝网。

我到达马耳他的第一天晚上，蜘蛛和我一起搬到了这里。

它优雅而小心翼翼地舒展脚爪，仿佛意识到它们的纤细脆弱，它在它的工事上奔走，在这里那里补几根丝加固一下。已经有许多苍蝇、蚊子和小飞虫粘在它杀气腾腾的花边上了，这都是为它的饥饿保存着的快餐。现下，它的心思还是在建造上面。

我羡慕它。

为什么我不能像它那样安于拘留中心？为什么在蜘蛛觉得能够安家的地方，我却感觉自己在坐牢呢？它现实，不作争辩，并不向往别的地方，在这里营造它的新生活，而我却咬手指甲咒骂、抗议，勉强地活着，想去别的地方，在过去或未来中，而绝不是在现在中寻求满足，每天捕捉能让我逃走的机会。执着的蜘蛛能在任何地方张挂它的网、自给自足、建起家庭；我却非要在伦敦，其他地方都不行。如果智慧表现在随遇而安的能力上，那么，蜘蛛就要比我聪明千倍。

外面，钟声召唤被拘留者们去用额外的简食：每个星期二，红十字会优待我们。院子里，十来个人一群围成圈子，布博从那儿向我招手，让我过去。我摇摇头。一点都不想去扩大鸡鸭的队伍，尤其是在别人投放谷粒的时候。

我在自己铺位上坐下，用几秒钟时间暂时放下蜘蛛，观察一下我的脚掌。我那三个疣子随意生长，它们灰色的影子已经深入皮肤组织。也许，我真该给它们取名字，以期摆脱它们了？

“这一个叫伊拉克怎么样？那一个就叫萨达姆·侯赛因。这第三个不妨就叫联合国吧。试试看：伊拉克，萨达姆·侯赛因，联合国。”

我重又命名了好几次，想看看是否会产生效果：似乎没有一个听到我的叫唤，更不用说缩回去了。

“我的肉中肉，血中血，星星的汗水，你怎么能相信事情会这么简单呢？你对你构成的复杂性毫无概念。”

“爸爸，你来见我了啊！我真怕你去兰佩杜萨找我呢。”

“儿子，我不需要你把你的经纬度发送给我就能找到你，我有别的办法。”

“我很纳闷是什么办法呢。”

“这我们可无权泄漏。”

“在亡人那里有信息侦查所吗？有没有一张图表，上面画着世界地图，然后用发光点标出你们感兴趣的活人在什么地方啊？”

“当你以为我从外界而来，以为我走空中道路或者陆路，仿佛坐了飞机或者火车，那你就错了。”

“可你毕竟是从什么地方来的啊！一个平行的世界？在我们的下面？在我们的下部？在我们的旁边？”

“这个地方，是在你的身体里面，萨德。我从你的身体、你的心里、你那些离奇的想法里来。你是我的儿子，我便镌刻在你心里，记忆里，基因里。”

他指了指蜘蛛。

“这只蜘蛛，挺讨人喜欢，是不是？”

“你认得它吗？”

“在我的脑海深处，爬行动物部分，有它的印记。多亏它，我才在我出生的地方——伊拉克——安家，并且力求在那里活下来。”

“结果：你死了。”

“在其他地方，我最后也还是要死的。”

“这是肯定的，但是会晚一些。”

"是的……也许会晚一些……"

"你怎么能把甘愿生活在监狱里的蜘蛛当成榜样?"

"啊，是的，自由……你很喜欢这个，是吗?我可不……"

由于我耸耸肩膀，爸爸强调说：

"自由，当然，它像黄金一样宝贵，可它是最宝贵的东西吗?我们可能比珍惜自由更珍惜生命。我那不出门的蜘蛛，如果它的目标是建起它的家，满足家的需求，生养儿女，然后把它们抚养长大，那么，它是对的。"

"你的女婿和外孙们都死了，你的女儿们过早地蒙上黑纱，蜘蛛先生，都是因为你张开蛛网的地方错了。我可不愿意让我的孩子们生活在混乱之中。"

他哑然无语，望了望窗外被栅栏隔开的，在阳光下翻飞、嬉戏的一个橘黄色的影子。

"不管怎么说，你可能是对的，萨德，世上不只有蜘蛛，还有蝴蝶呢……"

鳞翅目昆虫突然被一阵风刮跑了。爸爸莞尔。

"被风儿带走的蝴蝶……"

"我却是被浪涛带走的……"

爸爸突然变得很严肃，他在我对面床上坐下，热切地盯着我。

"你接下去打算怎么办?"

“我有好几个计划。”

我正要把这些计划向他一一陈述，一个身穿卡其制服的男子出现在我门口。他没有注意到我父亲，对我大声说道：

“等您面见呢。”

“终于等到了。”

那人两眼朝天，命我跟他走。我低声悄悄告诉爸爸：

“我去赴我计划第一步的约会。”

“行，儿子，此后你再告诉我情况如何。”

父亲眨了眨眼，隐没了。

卡其制服把我带进和用围墙围起来的中心毗邻的一栋长形办公楼里。走出关押着数百名无所事事地跺着脚的偷渡者，用高高的铁丝网围起来的院子，我还是不无快乐。

他敲了敲一扇红色的房门，没等回答便推开门，然后在我身后把门碰上。

一堆肥肉在阴暗的房间深处等着我。

透过关闭的百叶窗缝隙照射进来的几丝光线，我的对话者不像是人，倒像是只硕大无朋的癞蛤蟆。他隐藏在潮湿的黑暗中，缩成一团，变成圆圆鼓鼓的密集的一堆，把他那令人担心的一百公斤体重堆在哼哼唧唧的小板凳上，随时准备一跃而起。这个两栖类动物穿着鞋子，蓝色的长裤，白衬衣，用这件衬衣完全可以裁出好几张船帆。他厚实的皮肤上渗出滴滴汗水。

他让我，他的猎物，向他靠拢。

就在我往前走去的时候，他全身纹丝不动，除了前额在两只鼓鼓的眼睛上方绷出一条皱纹。他用一只手软弱无力地敲打着很小的塑料键盘。我在离他两米处，发现他的秃顶皮肤很厚，闪闪发光，旧时留下的痤疮疤痕使之带上花岗岩花纹。

他用英语跟我说话，这是我要求使用的语言。

“您是谁？”

“我……”

“您的名字？”

“……”

“您父亲的名字？”

“……”

“您听懂我说的话了吗？您懂英语吗？”

“懂。”

“那就回答我的问题吧。说出您的身份。”

“我不知道。”

“您从哪儿来？哪个国家？哪座城市？”

“我记不起来了……我们在船上的时候，船差点儿翻了……当时，船长掉海里去了……在那儿……对我来说，受了打击……我失去了记忆。”

“当然，当然。您在那条船上干什么来着？”

“我不知道。”

他在空间中占据的位置那么大，致使他所使用的东西，水笔、登记册、电脑，在他手里仿佛全都成了玩具。要不是已有人通知我说他是主管官员，要不是我穿过政府大楼的办公走廊才来到他这里，我绝不会把他当一回事，我会以为自己在梦中，造访一个等着朋友们前来用便饭的巨人呢。

“您那时想去哪儿？”

“……”

“您希望我相信您吗？”

我不说话。

他的目光显得怪怪的。怪怪地凝视着。怪怪地探索着。

他的嘴唇令人憎恶地反复道：

“您希望我相信您吗？”

静寂。千万不要讲道理。为自己辩解即是承认我可能出错。我得让自己处于争议之外，在他打击不到我的地方。

他接着说道：

“您现在声称自己得了健忘症，我想，您肯定需要一位心理医生治疗一下吧。”

“不，我希望能让它自行恢复。”

“就是啊！千万不能要心理医生，免得戳穿您低劣的伪装的把戏！”

“您说得对：我需要一位心理医生，您叫一个来吧。”

他眨了眨眼。我刚赢得一分。我趁机还想再赢几分：

“如果我有妻子儿女，他们会为此担心。如果我有一个家，尽早找到它的迹象也行。叫医生来吧，拜托了。”

他咕哝一声。

我明白了！他是个独眼龙。他奇怪的目光是由他只有一只眼睛能看见造成的。

“您有妻子儿女吗？”

一只眼睛，是的，可是哪一只呢？

“我再问一遍：您有妻子儿女吗？”

也许是左边那只？不，是右边那只。是的，右边那只。左边的那只黯淡、滞缓、没有光泽，同时太白、太栗色、太乳白色。是的，左眼肯定是玻璃的。我镇定下来，回答道：

“用一次电休克，我或许就能记起来了，是不是？”

他踌躇着，第一次考虑我是不是真诚的。

在我这方面，我完全着了迷。我一面强迫自己只注意那只端详着我的眼珠，一面禁不住去观察另一只，那只假的。

“您让我怎么相信能让您这么有条理的遗忘啊？”

“我……我很遗憾……请原谅。”

“您心里清楚，倘若我们对您的真实身份一无所知，我们就无法送您回家。”

“请原谅。”

“就是啊。请原谅，您在作弄我啊。对您来说，最要紧的就是绝不回您的家。”

“我想去我家。”

“那好啊，在哪儿？”

“也许，在伦敦。我不知道。请原谅。”

他发火了：

“别再请原谅了！”

“不好意思，请原谅！”

“又来了！”

“哦，对不起，呃……请原谅。”

他欲言又止，咽下怒火，然后推开面前的电脑。

“出去。”

“谢谢，先生。”

“我们还会再见面的，小伙子。我跟您还没完事呢。只要您的记忆没恢复，我就不会放过您。”

“哦，谢谢，先生。”

他那么肯定我是在演戏，使我认识到他很想扇我耳光，但他克制住了，给我指了指门口，然后，他重又陷入档案资料之中。

十分钟后，我在拘留中心见到布巴卡尔。我给他讲述会见情况，建议他也像这样完成他的会见。

“在你之后再这么做就更不可信了，萨德。”

“人家相不相信我们并不重要，布博，最重要的是我们绝不能暴露我们的身份。我们不是要完成演员的试演，只是要防止泄露真相。只要他们不知道我们从哪儿来，他们就无法作出针对我们的处理。从现在起，我们谁都不能相信。我能肯定，他们在我们的囚室里安装了窃听器，他们会派密探渗入到我们中间，好慢慢了解我们向他们隐瞒的事情。简言之：第一，我们俩只是在船上才认得的；第二，我们只用英语交谈。行不行？”

“行吧。”布博勉强地答应道，因为，他对不是由他提出的计划并不是很看好。

连续几个星期，我们无法回避和那个大胖子的约会。布博的在星期五，我的在星期二。

每星期二，我都要伫立在那座一只眼的大山前。

每星期二，吃人妖怪都要问我：

“您是谁？”

每星期二，我都回答说：

“我记不起来了。”

每星期二，他最后都会对我指着房门说：

“您知道我不相信您，我绝不会相信您，而您不对我吐出真话，便出不了这个中心。”

在例行谈话中间，大胖子也试着要些诡计。例如，有一次，沉默片刻后，他突然对我冒出一句：

“您做梦吗？”

“做。”

“用什么语言？”

我差点儿答复他“用阿拉伯语”，可是在快出口时我憋住了，我抓抓头皮，剔剔指甲，然后脱口说道：

“我不知道。用一种我能懂的语言吧。”

他叹口气，为没能把我逮住而失望。

另一次，他走近一个金属盒子，按下按钮，突然房间里所有的喇叭都嗡嗡作响。

“这玩意儿能帮助您捕捉记忆，亲爱的先生。几条信息将用多种语言先后播放，请您告诉我哪些语言您能听懂，以及您没理解的每一个词。”

在各种异国语言中，我听出有土耳其语、波斯语、希伯来语，可我没有出差池：指出我国邻居的语言没用。然而，阿拉伯语，我举手了。他按下“暂停”按钮。

“这种语言我懂。”我低语道。

“阿拉伯语，您是阿拉伯人？”

“我懂阿拉伯语是因为我学过。”

“这是您的母语。”

“我不这么以为。我记得，这种语言是别人反复灌输给我的。是的。我读的是阿拉伯语的《可兰经》。”

“您用什么语言祈祷？”

“阿拉伯语。”

“啊，可见您讲阿拉伯语！”

“讲得不好。可我是个优秀的穆斯林，我在学校里学了穆罕默德的语言。况且，我在学校里学到的英语、西班牙语，一点点俄语，我都记得。我忘记的是我个人的基本情况。”

他被惹火了，继续播放那盘播放各种语言的带子。

过了一个钟头，我什么都听不见了。估计他也一样。

我最后问道：

“我们大概听了多少种语言？”

“八十五种。”

又有一天，谈话当中，吃人妖怪借口有事，不得不让我一个人待半小时。在这段时间里，他建议我看看电视。看到我高兴地接受下来，他让我坐在一台机子前，给了我遥控，并且答应我他要回来的。

他把我当成什么人了？以为我就那么傻？我清楚，他就在隔壁房间里观察着我，看我选择哪种语言。

我故意停留在最开始找到的那些英语节目上，尽管那些节目让我感到深深的腻烦，我表面上装出看一个动物节目看入了迷的样子，克制着不去搜索我国的或者某个阿拉伯语的频道。

不久，看守往我们本就窄小的房间里搬来第三张床，来了个三十来岁的细长条儿，来睡这张床，他留着极长的胡子，自称是阿富汗人。

我和布博都觉得，他明显是个间谍。他的在场使我们的生活变简单了。我们很少聊天，话比以前少了，忽略了回答问题，忘记了提出问题。我们开始混迹在偷渡者的世界里，一个以恐惧为纽带的世界：谁都不说真话，人人都疑心重重；每个人都显得可疑，穿着制服的人，不穿制服的人；他人只有两种身份，不是密探，便是对手，或者可能揭发我，或者可能盗走我的位子。没有了怜悯，没有了同情，没有了互相帮助，人人只为自己，真主不再庇佑我们！

在马耳他，只有一个人知道我们的出身，我们的船长。然而，我们始终确信他会保持沉默，因为他每时每刻都怕有哪个老乘客泄露他实际上进行的买卖。船老大情愿在这个中心游手好闲几个月，然后，被打发回利比亚，也不想因为偷运人口被判处好几年大牢。

“坚持住，布博，再坚持几个星期。据我所料，马耳他很快便要加入欧盟了。你想过吗？运气好一些，到他们释放我们出中心的时候，我们便是在欧洲的土地上。”

“要多久，萨德？要多久啊？”

那个星期二，我走进他办公室的时候，大胖子在房间最里面的一张行军床上睡觉，百叶窗关得严严的。

我清了清嗓子，说明我来了。他没反应。

我走上前去，从他缓慢的呼吸，松弛的面部看出，他正专心致志地睡大觉呢。

我趁此机会，走向那张桌子，察看他的用品。在一个笔筒里，钢笔、尺、铅笔之间，我注意到有个圆规。

“干吗不？”

我毫不犹豫，黑了这样东西，把它捅进我的口袋。

吃人妖怪爬到像波涛一般巨大的鼾声顶峰，喘不过气来，咳了几声，醒来，咕噜着抓抓头皮，感到房间里有人。

“谁啊？谁在那儿？”

我开玩笑对他说：

“没人在。”

他挺身坐起来，用他唯一的那只眼睛观望房间里发出声音的地方，发现了我。

“啊，‘没人’，是你啊。”

我克制不住感到想笑，但我却忍住了。

“是的，没人，就是我。”

他站起身，摇摇晃晃地一直走到他的凳子上。

“‘没人’，你知道我不喜欢你。”

“可我也一样啊，我不喜欢你。”

“好吧，开始我们的讯问吧。”

就在他力求把自己硕大无朋的臀部在狭小的座位上放

置稳妥的时候，我发现电脑边有个东西刚才逃过了我的检查：一串钥匙。从它们的大小不等来看，无疑，其中有能够打开不让我出去的拘留中心所有门户的钥匙。

他那只眼睛捕捉到了我的目光，察觉到危险，可我的手已经抓住了钥匙。我挥舞着那串钥匙，胜利地又蹦又跳。他哼哼唧唧，额头上渗出大颗大颗的汗珠。

“不，别拿这个！”

“不。”

“‘没人’，把钥匙还给我。我会丢了我的职位的。”

“你要知道我对此有多不在乎就好了！你的职位啊！那你呢，你能给我什么？在死亡包机里给我个位子。这跟你会遭遇的那些问题毫不搭界！”

就在我快活地假充好汉时，他向门口扑去。当我明白他的意图时，我也跑向那里。迟了！他已经紧贴在门上。

“让我出去。”我威胁道。

他鼓起身子，挡在我和出口之间，不可逾越。

“‘没人’，你过不去的！”

“让我出去，要不，我会做出我不愿做的事情来的。”

“扁我吗？想清楚了，笨蛋。我只要吹口气，就能把你吹到墙上砸碎了。你意识到了吗，‘没人’？你意识到在我面前你还不够分量吗？”

我朝他身上我以为是私处的部位揍出一拳，可是我的手消失在他厚重的脂肪里，打在结实而富有弹性的、肥腻的肉上，它挨这一击毫无反应。

“‘没人’，住手，要不，我还击了！”

“我说最后一遍，让我出去。”

他哈哈大笑。这时，我已忍无可忍，我掏出圆规，把它打开，把它的尖头插进他那只能看见的眼睛里。

吃人妖怪一声惨叫。

我使出全力往里插。

他大声叫喊。

血喷射出来，像他的喊声一样有力。

我插入，并且让尖端留在扎破的眼球中间。

吃人妖怪疼昏了，倒在地下。我打开房门，拔腿便跑。

接下去的事情仿佛就发生在几秒钟里……

我没遇上什么障碍就冲出拘留中心。一条石头路，在鲜花盛开的九重葛遮蔽下，通往港口。我走上这条路，没遇上任何人。码头上，奇迹般的有一艘船等着我。我果断地跳到船上，船长下令开船。

这时，在护栏最高处出现了血迹未干的吃人妖怪，他在大声叫骂。他唤起士兵和警卫们的注意，让拉瓦莱特城的大炮统统朝向了我们的轮船。

一声爆炸。

我看到圆炮弹飞到我面前，我相信，一秒钟里，我就能像接球一样把它拦下。我伸出双手，然后……

撞击把我从酣梦中惊醒。

我周围是歇息在马耳他宁静的夜晚中的囚室。阿富汗人在他的铺位上打鼾，而布博睡觉时鼻子会发出嘘声。

我刚做了个噩梦。

我走到窗边，凝望着沉静的月亮。

爸爸出现在我身旁，和蔼可亲地看了看我，等着我说出心里话。

“爸爸，你相信梦有某种意义吗?”

“当然有啊，儿子。梦并不告诉我们将要发生什么，而是在告诉我们正在发生什么。它们远不是给我们指出未来，而是为我们揭示现在，以任何思想都达不到的精确度。你的梦告知你目前要防止的状况，尤其是在经过了让你晕头转向、头昏脑胀、分身无术，不得不服从于规则或职责的一天之后。清醒的生活把我们隐藏起来，因为它使我们精力分散和社会化。只有梦唤醒真实的我们。”

“你真棒，什么都是一套一套的。”

“这是知识分子的特性。如果说他们所言并非全是真理，他们却总有个假想。这么说，儿子，你做梦了?”

“是的。”

“这个梦告诉了你什么?”

我揉了揉脑袋，想到我想象中的暴力。

“我不知道。”

“小心了，儿子，你说来说去就是这句话！‘我不知道。’你让我担心啊！‘我不知道。’别相信人们重复的谎言，它们最终会变成现实。装傻装多了，真的会成傻瓜的。”

他转过脑袋，折回到蜘蛛网上。

“你注意到没有，我的小伙伴死了。”

“蜘蛛？”

“是的，死了。”

明亮的月光照进囚室，灰色的光线照得囚室明晃晃的几乎像手术间。我在蜘蛛网上寻找它，然后，在墙上、地上。白找了一通。

“没找到它啊，爸爸，它搬家了。”

“它今天下午死的。我甚至能告诉你它的尸体在哪儿。”

他指了指窗栏上一个弯弯的东西，像把套着青铜色皮鞘的钩状匕首。这个动物有一双带蒙古褶的黄色眼睛，在水银似的从天上泻落的月光下忐忑地观望着拘留中心，它那些平行六面体的大楼、它的院子、有刺的铁丝网、墙壁、瞭望台、有人守卫的大门。

“这便是蜘蛛的坟墓。”

“蜥蜴？”

“是的。最后一局，你是对的，它错了——待在这里不是个好主意。”

我刚来得及对这个声明感到惊讶，爸爸便消失了。

我摇着布博的手臂把他唤醒，然后在他耳朵边，急速、兴奋、果断地低语，免得阿富汗人听到我的话：

“布博，我失败了。用我的方法，我们永远成功不了。”

布博打了个哈欠，为我的转变高兴，然后喃喃说道：

“我同意。”

“改变策略，布博！我们得逃出去……”

维多利亚

夜在怒吼。

凄厉的狂风像有人鸣冤撕裂长空，呼啸在黑咕隆咚的海面上，浪花拍打着船壳。

小船呻吟着，昂起船头，直立，试图把握航向，种种因素却合谋阻止它这么做。

我们四面受敌。

“我怕，萨德，我好害怕。”布博在我耳边大叫。

死神即将展开肉搏战，这很明显。大海露出泡沫和涎水嘀嗒的牙齿，向我们如讥似讽地狞笑后，从黑暗的深处派出士卒不计其数的军队，粗暴、猛烈的浪涛远不是要把我们托起，而是要摧毁我们，它们比军刀更锐利，攻击我们的两侧，打击船体的水下部分，使我们的小船晃得像个软木塞。

“我们恐怕离西西里不远了。”我声嘶力竭地回答布博，希望能让他放心。

我打开手电筒，在阴影里搜索。什么都没见到。风暴前还可看见的海岸消失了。

突然，小船仿佛扭了一下腰摆脱出来，它高高扬起，几乎飞了起来，然后，陷入波谷，仿佛重新找到了它的航道，向前跳跃。我重又燃起希望。

船尾下沉。船首下沉。一个侧浪把我们击垮在甲板上，逼迫我们这百来号把身家性命托付给这条小船的偷渡者紧紧趴下，凄厉的求救声穿透喧哗。就在我们紧抓住能抓到的东西，绳索、栏杆、航行器械、脚、手的同时，湍急冰冷的水波滚滚而过，在甲板上激起雷鸣般的响声，猛烈、热切，随时准备把抵挡不住它的人们带出小船。

我一只手钩住梯阶，另一只手抓住布博，使我俩都贴着甲板。我们身后，汹涌的巨浪卷走了好几个乘客。

我吐出带着咸味和血腥味的海水。

小船嘎吱嘎吱作响。好像它的骨架在波涛冲击下绷紧了。

强劲的狂风还不肯停歇，竭力想让我们躺倒在左舷，或者右舷，激烈、迅捷、随心所欲，围绕着小船，想出其不意地撞击它一下。

响起一个断裂声：桅杆顶不住了，倒在甲板上。

好几个人被桅杆击中，痛苦地号叫，有的受伤，有的被击昏，还有的被弹射出去，当即淹死了。为了不让幸免于难的人互相怜悯，几重巨浪扑上甲板，在我们中间炸开。击打着船舵。冲撞着龙骨。

最后那道涌浪过去了，洗清了船壳，船上只剩下二十来人了。从此，小船像一块软木随波逐流。船尾上，再没有船长纠正我们对付波涛的办法，他已经被波浪吸走了。结果如何？我们急剧奔向消亡，看来是难免一死了。

我们颠簸。我们摇晃。波谷接着波峰。

突然，一道闪电。乌云散开，月光洒下。

远处，仿佛在沙滩边上，如同一只被埋没的螃蟹似的露出两只眼睛——两座灯塔转动着，照耀着我们。

“海岸！我们到西西里海边了！”我大声嚷嚷。

唉！已经没有人听我说话了。幸存者们头昏眼花，正集中尚剩下的全部精力紧扣住坚固的地方，以免在又一次进攻来临时，被冲进海里。就连布博，在我告诉他这个好消息的时候都没抬起头来。

我再次强调：

“我看到陆地了，布博，我们离得不远。”

“我们要死了！我不想死……”他呜咽道。

他的绝望为我注入新的力量。我抛开谨慎，走到船尾，握住舵柄，船舵在不连贯地缓慢左右摆动。

我紧紧抓住舵柄，在伙伴们完全彻底的无动于衷下，把航向对准陆地。虽然说船长在风暴肆虐时丝毫没帮上我们，但是，该靠岸了，我更需要他。怎么办？怎么干？这不要紧。坚持。保持航向。

一次次颠簸。摇晃的小船像个装得太满的盒子。发动机发出咔咔声：它要停下了？不。它又启动了。它轰鸣得更来劲儿了。

大海始终张牙舞爪，风把我们推向守卫在海岸边的悬崖。我得操作起来。

船肋部位受损。

突然，一阵强烈得让人受不了的断裂声。一大块暗礁撞上我们。我当即被抛到甲板顶头，我身后，大海在船上张开一个个陷阱，我脚下，甲板不见了。

我掉进海里，海水像岩石一样又冷又硬。布博跟着我被抛出来，他惨叫、颤抖，哽住的声音极为凄厉，他抓住了我的脖子。

我开始游泳。

我缓慢、艰难地前进，布博每分每秒都在变得更加沉重。

我继续前进，直至布博的手臂在我肩头松开。这时，我担心地转过身，正好看到他转动着惊恐的大眼睛远去，我已经抓不住他了。

接下来的事情我便不记得了……

早晨，大海就像一头巨大的猛兽，精疲力竭地睡着了。

我睁开眼睛，看到天空、大海、陆地经风暴清洗后，已恢复一片宁谧，我从内心深处感受到这本质的平和。一种补偿。

接着，我探索我的身体，我躺在沙滩上，没有动弹，用心，然后用肌肉核实，唤起身体每一部分的反应。肯定没事后，我挺起身，观望浪涛把我抛下的地点。我被搁在一个圆形的小海湾里，周围镶嵌着黑色的岩石和泛红色的沙砾，框在翠绿色的小灌木和苍松林斜坡脚下的一个天然海滩，林间蜿蜒着一条泥巴路。

“布博呢？”

我不安地转过身子：他在哪儿？我双脚跃起，然而，腹部一阵撕裂般的疼痛，倒下了。我受伤了吗？我用手指检查我的胃部、腰部、腹部，没有发现任何异常。于是，我又站起来。疼痛又来了，不是断断续续的，更明确：我饿了。海湾在我周围旋转，前后颠簸，就像驯马失常。从我火烫的口腔里干燥、麻木的舌头，我断定我渴了。

我担忧，我放任自己在地上滚动。布博惊惧地被波涛卷走的形象重又浮现在我脑子里。我的布巴卡尔，他不会游泳，他怎么样了？我无数次地向自己提出这个问题，就为了避开回答，答案太明显了。

“布博！布博！”

我朝大海，然后朝山坡叫唤。没有任何声音来回应我的呼唤，连回声都没有，而我的声音，带着它的焦虑，消失在波涛或荆棘丛无限的遥远中。

太阳在天空中爬升，开始发热。最初，我认为这种感觉很舒服，接着，它变得那么热，加上失望和疲惫，夺去了我的意识。

有人在抚摸我的两颊。

我先是听到一个温柔的，虽然深沉，甚至可以说低沉，却是女性的声音。她说出一些意大利单词，就像在拨弄一串大小不等的珍珠。这种音色，因它的圆润，带着果香的柔和，令人联想到成熟的桃子。

然后，我把注意力集中在那只滑过我的脸或脖子的手上，细长的手指小心翼翼、光滑、富有同情心。

接着，我的鼻子嗅到一种香味，温热的麦香，苍白的脸色和金色的长发的气味。

我睁开眼睛，看到一名金色毛发的女子，她张开完美的嘴巴在向我微笑，娇嫩的玫瑰色嘴唇间露出洁白的牙齿。

她用意大利语，然后换一种语言，最后试探着用英语跟我说话。

“您好，您感觉怎么样？”

“虚弱。”

“您出什么事儿了？”

我的故事说来话长，要想细细道来实在吃不消，我只好满足于一声长叹，转过脸去。倒不如瞒下占据了我全部身心的情感。

她坚持问道：

“您游泳迷失了方向吗？您来自别的海湾吗？您是从轻舟上掉下来的？还是小船？您不舒服吗？您的衣服呢？”

最后那个问题引起了我的注意。我强忍着颈子酸痛抬起头来，发现我的情景：赤裸裸一丝不挂！

我当即发出一声呻吟，转成腹部朝下。在女人，尤其是这样的人间尤物面前可不能不顾廉耻。

她开心地笑了，说了一句让我宽慰的话：

“别不好意思。天体海滩我看惯了。”

赶快！一分钟都不能拖延了。在误会形成之前，我得把自己的遭遇跟她说清楚。

我把脸转向她，开始讲述从马耳他到西西里的旅程，天气恶化，风暴和海难。最初，我感到她不是很相信我，可当我讲到小船冲向两座灯塔时，她突然表现出十分关心，我最后一句话音刚落，她便拿起手机，跟好几个人联系，我觉得，她那坚定的语气，即便不是在下达命令，也是在向他们通报情况。她语速很快，我只听得噼里啪啦的一串串辅音。

我后来才明白，维多利亚——这便是她的名字——此刻，正在启动救援计划：村民们开出他们的船只，希望救起可能还活着的人，孩子们走出学校，在海滩上搜寻，她的朋友们腾出房间，旨在接待幸免于难者。几小时后，官方的救援人员，宪兵、海岸警卫、海关警察也开始投入行动。在这期间，三个男人、一个孩子、两名妇女已被救起并且进了食。

当时，我分不清维多利亚做这些事情是出于人道，还是就为了我，因为，我只想休息，一边等待布博的消息。

她递给我一条沙滩浴巾，扶着我一直到她停在小路上的汽车，带着我穿过蜿蜒曲折的道路，来到一个小村庄，她在村里小学的上面有一套房子，是这个学校唯一的年轻女教师。

酣睡了几个钟头后，在鲜花盛开的平台上，她让我喝果汁。再次见到她令我眼花缭乱。如果说有些女人的头发给人的印象是一根根长出来的，她的头发却像是一绺绺冒出来的，它们泻落之势是那么有力、健康、充沛。她那双栗色的眼眸在阳光下一会儿呈棕色，一会儿发绿，带着近乎柔情的善意凝望着我。虽然她脸上挂着灿烂的微笑，在这张脸上，自制和持重仍是基本的色调，表现在缩进去的下巴，嘴巴下浅浅的皱褶，敏感多于喜悦、从不噘起的嘴唇，从不天真、却有点倔强的嘴唇。维多利亚个头那么高，总让人觉得她那两条长腿即将拉开和她的影子的距离了。她身躯瘦长，狭窄的胸部显现有乳房的迹象，却不像乳房，这种鲜艳的美多少有点儿尚未发育、雌雄莫辨、徘徊在性别边缘的东西，唯有她举手投足之间优雅的风度使我确信和我打交道的不是个金光闪闪的金发天使，而是个女人，也就是说一个尚未完成的天使。

“你是什么地方人？”

“我不记得了，维多利亚。”

“当然……你以后会告诉我的。你叫什么名字？”

“我不记得了。你想怎么叫我？”

“既然我是在海滩上找到你的，赤裸裸一丝不挂，就像瑙西卡[1]在芦苇丛中发现尤利西斯那样，我就叫你尤利西斯吧。”

“尤利西斯？这个名字对我挺合适。”

休息两天后，我体力恢复了。然而，我禁不住每时每刻都会想到布巴卡尔，总想他能不能逃脱这一劫，能不能成为奇迹的一部分，能不能……

我向维多利亚坦露胸臆，她听取了我对朋友的描述后，

1　希腊神话中法埃亚科安岛国王的女儿，在海边救起了被海浪送到岸边的奥德修斯（尤利西斯）。

去找了镇长、本堂神父和她的朋友们打听消息，这些朋友按照西西里好客的传统，早已对海难遇险者敞开大门。没有一个幸存者符合我描述的形象。

星期天，她建议我去参加为海难死者做的弥撒。弥撒前，我们先去点着蜡烛的停尸室，那里陈放着打捞起来的或是被冲到岩礁上的尸体。

就在我迈进大门，看到直接搁在地上的二十口敞开的白松木棺材时，我当即深信，布博便在他们中间。

确实，我的朋友布巴卡尔就在左边那行第三个盒子里等着我。他两眼紧闭，皮肤上有盐水侵蚀的痕迹，两只大手握在一起搁在洁白的单子上，把盒子挤得紧紧的，他的个子还是那么高。

“布博！”我大叫一声，跪倒在地。

我想都没想，就在我朋友的嘴巴上吻了一下，仿佛是为了使他苏醒、复活，把这脆弱和快活的小伙子，把这人世间匆匆的过客带回我的身边。我痛苦得失去理性，大声叫道：

“为什么？为什么啊？”

听到我大放悲声，官方人士扑到我身旁，手里拿着记事本和铅笔，让我为他们提供死者的身份情况。我抬起头，看到维多利亚躲在他们身后，用脑袋向我做了个否定的表示。

“您认识他吗？”一名官员问道。

“您能说出他的姓名，出生日期和地点吗？”

“他有家吗？在哪儿？”

我望了望布博，想道：“我的布博，应该说，我没有权利说出你的情况。”接着，我疾首蹙额，抓抓头皮，把我的脸扭曲出几种苦相，结结巴巴地说：

“不，请原谅，我搞错了。我还以为他是……不，对不起，这是个误会。”

维多利亚帮我站起身来，代我向官员们表示歉意，然后，一出门，她就把手插进我手里。

“你想哭吗？”

“我从来不哭。”

“来吧，我们不去望弥撒了。”

她把我推进车子，发动，然后，以很快的速度开到一个高踞于大海和部分岛屿之上的亭子边。接着，把车子缓缓驶进五针松和柏树林之间，停在树荫下。

“现在，你想哭就哭吧。”她熄了火，命令我道。

“我不会哭。我从来不哭。”

“那就吻我。”

我的嘴巴贴上她的唇，吻她，尔后，就在车座上，蝉鸣声中，听着远处为死者敲响的钟声，我们第一次做爱。

尽管维多利亚是土生土长的西西里人，却和我一样，和她的过去断绝了关系，因为她要躲避不光彩的家庭关系。不仅仅因为她的祖父母曾是出了名的法西斯分子，墨索里尼身边的人，帮着做坏事，从不做好事，而且，她的父母随之也以过激主义行为著称：跟他们极右的父母一样极左，二十世纪七十年代，他们出于盲目自信而成为恐怖主义队伍的一员，并且为了可耻的密谋恢复法西斯传统，他们投身于已遭到历史谴责的造成大量死亡的谋杀活动。她父亲在一次讨伐中饮弹而亡，不久后，母亲在监狱里死于脑溢血。

她由叔叔姑姑们抚养长大，他们把她当作包袱互相推诿，维多利亚是在孤独和对习俗的蔑视中长大的。为了给生活某种意义，她成了小学教师，在帮助学生建造童年的同时她重新建造了自己的幼时。

然而，她知道自己的气质和导致父母、祖父母身败名裂的气质很像，容易把她引向极端。她慷慨地致力于捍卫经常在海岛靠岸的偷渡者，她既喜欢又害怕自己的政治活动。她边行动边责备自己的行动。实际上，出于对自己的不信任，她为本该让她感到骄傲的作为而羞愧。

就在布博死后整一个月，一天早上，天刚亮，我忙于洗漱的时候，爸爸来到了我身边。

“萨德，我的肉中肉，血中血，星星的汗水，知道你在这儿，在一个漂亮可爱的女人身边，我有多激动啊。如果我眼里还能制造出快乐的眼泪，我会让它流出来的。”

“你来得正好。我有个问题问你：你在那儿，你来的那个地方，是怎么生活的？”

“我们不再生活，我们死了。”

“那又怎样呢？”

“儿子，泄漏一点点线索对我们来说都是禁止的。”

“这是命令？”

“这出于良知！死亡应该被包裹上神秘。人生前对此应该一无所知，因为，不管发生什么，他们都得过这道大限的门槛。这样好些，相信我。”

“为什么？死者的国度是不是很可怕？”

“你想让我多透露几句的手段太赤裸裸了，我亲爱的萨德，设想一下告诉你会有什么后果……如果我对你说那儿不好，你会感到失望，陷入萎靡不振之中，因此忘了活着。相反，我要是声言那儿挺好，你就会希望辞别人世。保护着你的人生的，正是你死亡的现实依然是个谜。是无知在捍卫你的生存。”

“你见到布博了吗？”

“无可奉告。”

“他怎么不来看我？”

“他去了别的地方。”

“哪儿？”

“无可奉告，儿子。然而，他的走表示一种完成，我为他感到高兴。出于友谊，你也应该为此感到安慰。”

“直到我生命的终止我都不会再见到他了？”

“是的。”

“以后呢？”

“无可奉告。”

“你怎么就能让我看得见你，还能跟我说话，陪着我，他怎么就不能呢？”

“我被认定是焦虑不安的灵魂，不能离开人世。”

在透露出这种情况时，他仿佛对自己相当满足，就像经过激烈斗争，他摘得了某个头衔或令人艳羡的勋章。

“你的焦虑是我吗，爸爸？”

“什么？”

“是我把你留住的吗？”

“……我想也可以这么断定。”

“那是不是，有一天，你也会走的？”

“别试图诱使我泄露天机了。诱使一个死人，这是不合常理的，行不通的。”

我沉默下来。他观察了我冷漠的神情，我悲哀的眼神，在我前面跪下。

“你有什么话要跟他说的，儿子？”

“你能见到布博吗？”

“也许吧。我无法向你作出任何承诺。怎么样？有可能的情况下，我该对他怎么说呢？”

“我请求他原谅。”

“什么？”

“我请求他原谅。因为，我没能救他。还因为，他活着的时候，我没意识到他是我朋友。我为自己感到羞愧。”

爸爸俯下身来，想亲亲我，但无法决定，便把手搭在我肩上。

“我将转达你的意思，即使我觉得，布博除了他已经知道的，什么都不会得知了。倒是你，今天晚上，你就能哭泣了。”

“哭泣？爸爸，我从来不哭。”

“你能打赌？”

“我从来不哭！”

“逞强！你赌什么？多少？”

哪里知道他刚消失，想到我要对布博说的话，我的眼泪便涌上眼眶。我全身抽搐，呜呜咽咽，泪水哗哗地流下来，一直哭到夜半。

多亏维多利亚的介入，我们罹难小船的幸存者没有被当成偷渡客，而是作为海难人员处理。这在西西里人眼里便迥然不同了。他们没像在马耳他那样，把我们关进拘留中心，和被海岸警卫逮住的其他偷渡客关在一起，而是让我们有权自由来往。更为欣慰的是，维多利亚的村庄把按照岛上传奇式的好客风气接待我们看作是一件荣誉攸关的事情：我们每个人都有人提供简陋的睡觉的地方，并且得到一笔钱，能得到医疗救助。本堂神父从信徒们那里募集食物，然后分发给我们，维多利亚，小学老师，在村政府租下一个房间，在那里开始教我们意大利语。

唉，我身上的热情已荡然无存。我徒劳地注意到那些意大利人对我们那么热情，我对他们却态度恶劣，我没有以德报德，却变得沉默寡言，不可捉摸，多疑多虑，随时准备咬上一口向我伸出手来的人。

在一次反省中，不再那么自负的我不仅自责离开了我的国家，丢掉了证件，失去了朋友，还怪罪自己不再能容人。至于我的目标，依然是在欧洲社会找到我的位置，我拒绝人家给予我的这个地位，情愿陷入流沙，坠下深谷……下一阶段，会不会便是疯狂？

只有维多利亚，出于她对我的异常的关注，把我的头托出水面，不让我沉没在抑郁中。有时，她成功了——在她微笑的热力下，我重又变成了快乐、幸福、敢于闯世界的大胆的萨德。然而，她才离开我几个小时，那些悲哀的想法就又压垮了我，凄凄惨惨的情绪麻痹了我的心和我的行动，阻止我继续生活。

布博死时我们在松木林里的那段性事后，我对自己羞愧至极，以至请求她不再做这种事情。永远不要再有。

“我不想既享有你的好客，又滥用你的身体。”

“可是……”

“我求你了。我会因此丧失自尊的。”

她激烈反对，因为她很喜欢这个时刻；再者，我曾肯定地对她说过，我打心底里希望再这么做；她尝试几种新的性爱方式，我声称不能理解。当这种性爱变得直截了当时，我威胁她倘若再出现这种情况我就离开她家。她最后接受了我贞洁的心愿。

过去的经历不是个能随意抛下的国度。我漂浮。我失去所得。尽管我欣赏维多利亚教我的意大利语，使用不同的词语指称从前的事物使它们变得不那么现实，不那么合理，没有了味道，没有了历史，没有了回忆。用一种新语言表示的世界没有用母语表示的世界那样确凿存在。

要不是有一天，我偶然打开维多利亚的一个手稿本，机械地翻阅了其中几页，我早就离开西西里了。那是一种心情札记，不标日期，随意记录一些她的想法。我浏览了一遍。意外的发现使我痛彻心扉：我辨认不出那个活泼、坚毅、积极，每天早上用一个半小时和村里的女友一起做操的维多利亚，我看到的是一个郁郁寡欢的女人，在陈说她身体体弱多病，日常工作让她付出的努力，对未来的恐惧，文章里充满像这样的奇怪的段落："死亡是我的伴侣。我想着它入睡，想着，如果我的情况恶化，我总能靠着它的肩膀休息，永远都不再为生存而痛苦。"或者像这一句："我的生命越是衰弱，我越是感谢大自然创造了死亡。当我感到心里充满了憎恶、愤怒或痛苦的时候，我还剩有死亡。"

晚上，我请求维多利亚原谅我的冒失，并且为我解释我所看到的内容。

真实情况当即给了我当头一击，原来维多利亚得了不治之症，是神经性病变。早上做操实际上掩盖着每天一次的运动疗法，借此延缓病情的发展，但治愈不了她的病。维多利亚不抱任何幻想：从疾病的发展速度来看，她尚能过一种简单的生活，因为，像她那样的病人从来没有活过四十岁的。

"你从此就要走了，尤利西斯。"

"不。"

"是的，就像别人那样，你要离开我了。不过，离开我的说法有点儿夸张，因为，我们本来就不在一起。"

这时，我恳请她用车把我们送去那座亭子，布博死后，我们曾在那边的松树下做爱的地方，这一回，是我采取主动把她搂在怀里安慰她。

从这一天起，我不仅没有卷铺盖走路，而且还成了维多利亚有规律的情人。怜悯把我抛回爱情的道路。接下去的那几个星期，我们以极端的方式过着如胶似漆的生活，介于抑郁和心醉神迷之间，跳跃在痛苦和欢乐的两头。就在做爱后懒洋洋地赖在床上的那几个小时里，她给我坦陈许多关于她的事情。为什么？因为她需要说出来。还因为我缄口不说我的事情。

我为她而产生的欲望促使我拥吻她，抚摸她，进入她，却从不与之交流。我的心上覆盖着铅板，很少想到我能跟她说些什么。就这样，我表现出的是个符合规则，然而沉默寡言的情人。

维多利亚决定为我到西西里一周年举办一次庆典。

那天早上，她温暖的身躯蜷缩在我怀里，她的手抚摸我的胸膛，她用悦耳的嗓音探问：

“怎么样，尤利西斯，还不到告诉我你的真实姓名的时候吗？”

“……”

“我知道，你还会声称你记不起来了。我曾尊重你这个谎言，可我想，都过去一年了，我有权知道事实真相了，不是吗？”

我睁着一双大眼睛，凝望她，赞美她秀丽完美的五官，把手指插进她十分浓密的柔发，想道，客观地说，我可以算得上是人世间最幸福的男人了。然而，从我嘴巴里出来的却是别样的词语：

“尤利西斯这个名字对我挺合适，我都听熟了。”

这话说得干瘪、冰冷、没有感情。她眨眨眼。

“我还是愿意你毫无保留地倾吐出来，尤利西斯，愿你相信我，跟我说说你的过去。”

“这能改变什么？”

“能让我更爱你。”

“你目前的方式对我挺合适。”

“这能证明你爱我。”

我把脸转向窗口。对话变得让我不快。她没有抬高声调，还是那么脉脉深情地坚持道：

“是的，这能证明你爱我，你从没告诉过我你的事情。总之，你从未在陈述中，像我这样，交出你自己。对此，你怎么想？”

我含糊不清地咕噜一声。她啄了啄我的耳朵，然后，敏捷地跳下床，说：

“考虑一下这个问题吧，尤利西斯。今天晚上回答我。”

为了不去考虑这个问题，我专心致志地观察下决心在我们窗外阳台上安家落户的一只虎皮鹦鹉。

然后，我起身去冲澡。擦脚的时候，我感到有谁来了。爸爸带着诙谐的神情，出现在我面前。

“儿子，儿子，儿子！你妈要是能看到你现在这样就好了！你和她，你们俩真是天生一对儿。你一头棕发，她头发金黄金黄的。真该把你们搁在笼子里放进博物馆，让人欣赏赞美人类。”

“别激动，爸爸。我和蕾拉交往的时候你好像不那么合作。”

“错了！我也一样喜欢蕾拉啊！真的！一个卓尔不群，有独特见解的聪明女孩，抽起烟来谁都比不上。不过，从那以后，你那么痛苦，所以，今天，我更感到高兴。”

“说实在的，蕾拉，你在亡灵王国遇上她没有？”

“没有，从来没有。”

“这挺怪。”

“是的，挺怪。或许是因为，她比我死得早。”

“这也会改变什么？”

“也许吧。我不知道。”

他指了指小梳妆台上一只绿色的皮盒子，眨眨眼。

“为戒指祝贺你！”

“什么戒指？”

按照他所指，我打开盖子，见到两枚订婚戒指。

我只是过客

有时，期待中的幸福会破坏正在经历的幸福。

我们订婚那晚，出于懦弱，我说了“是”。

然而，和维多利亚相携相伴的单纯宁静的时光白过了，我总忘不了要走。待在西西里不在我的计划之列。伦敦萦绕在我心头。伦敦吸引着我。出于一个挥之不去的理由，我抓不住其根源所在的理由，我给自己订的约会在英国。之前我所完成的一切都只是一半，只是“暂且”。

尽管在众人眼里我都是以维多利亚的未婚夫的身份出现的，但是我知道，我只是她的幻象，一个回忆，它在目前还能鲜活地存在，可是很快，它就会到达终点，只留下人去楼空。

常常，我预见到自己将给她造成的痛苦，因而，表现得很温柔，过于温柔；过后，我恢复镇静，因为，我总结出一点，情深意切会使我的离去对她而言更不可理解和痛苦，于是，我又显得冷酷无情，过于冷酷。简言之，我既导致有些人相信我的婚事，又清楚自己要离她而去，这种矛盾使我越来越难以找到恰当的姿态。

有时，我怀疑维多利亚猜出了我的打算。在我们做爱后的沉默中，尽管我们的四肢纠缠在一起，但她两眼凝望着我，像一个谜，她的脑袋仿佛被一些没说出口来的问题搅乱了，她的手茫然抚摸着我，探寻着按下去便能启动语言的那个点。

我从一开始就清楚，把我们联结在一起的更多的是悲哀，而不是欢乐。我们不是被幸福，而是被不幸糅合在一起的。我和她做爱是为了忘却我对布博的哀悼。我继续爬上她的床，只是想要躲避我那些悲观的想法，因此，从第一天，她在海湾沙滩上救起我来开始，我就把维多利亚看作躲避风暴的庇护所。就她那方面而言，她把我接纳下来则是为了打破她的孤独，向遵循惯例的人挑战，粉碎家族男女结合过于讲究门当户对的传统，尤其是想以病痛的躯体换取享乐的躯体。我印象中，我们的爱情，在两方面，否定的理由都多于肯定的理由。我们“相爱是为了不要……”，就像两个死里逃生的人，带着悲痛的力量，我们相爱为了不要思想，不要浪费时间。我们俩都在期待着我们不能给予对方的东西。

当我确信已有足够的词汇说明我的想法时，我收拾起我很少的那点儿日常用品，其中有我母亲给我的毯子，那是海难半年后我找回来的，被波涛抛到一道峭壁顶上；我胡乱写下一篇东西，把它搁在床上醒目的地方。

维多利亚，

有些爱情故事，它们的美便在于它们的昙花一现——你要多问几句，它们便答不上来，做出苦相，变得丑陋。就像野马，跑得快，却不能持久，这种爱情在自由驰骋中光彩夺目，一旦使之负重，它便喘不过气来。

我们的交往就是这样发展的，如果从中认出短暂的爱情，它便极其美好；一旦要把它推向婚姻，它就成了跛子。和你睡觉的时候，我感到幸福；当我想到我将和你共同生活，我就会为篡夺了那个将全身心地爱你，以你为他的唯一的男人的位置而羞愧。

因为，我爱一个女人，这个女人却不是你。她叫蕾拉。她已经死了。

这又能怎样？遗憾，维多利亚，这个蕾拉即便已经走了，她在我心里依然那么强有力，无处不在地占有我的爱情。我们间的关系是张是弛，权力不在我，而在她。然而，在遇见你的时候，我还以为我能够松开这根绳子的。错了，定生死的永远是蕾拉。

我要走了，维多利亚。如果说你曾是我的欢乐，但蕾拉却是我的命运。

我恋上你，就像恋上任何一个美丽、聪明、慷慨大方和我想要、我尊敬、我珍爱的女人一样。

如果明天我走了，那么，我们将拥有一个最美好的回忆。如果我留下，我们将过着暂时被我们的肉体享乐所掩饰的，不完美的夫妻生活。

因为，我只是过客，我们幸福的一年却不会过去，它将像一座灯塔照亮我们的生命。假如我赖着不走，不幸便会安顿下来，因为，除了伟大的艺术家，谁都没能耐把临时的东西变成永恒。

原谅我这些话可能导致的泪水，我还是更愿意你为我的不在哭泣，而不是为我的在场。我尽我所能爱你，肯定做不到你应该得到的那样强烈。

不管怎样，我爱你，永远爱你。

萨德·萨德

我第一次，也是最后一次，对她用上了真名。

在从卧室镜子前走过的时候，我检查了一下是否衣着端正，好拦顺风车，然后梳理了一下头发。

爸爸趁机出现在镜框里。

“干吗要走啊，儿子？如果是为了生活，仅仅是生活，你可以在这儿生活啊。”

“恐怕我想要得更多。”

“要什么？”

“我不知道。”

“如果是为了爱，这里有人爱你。你的旅行癖变荒唐了。我怕你已经养成了坏习惯，喜欢海市蜃楼胜过现实的东西。”

“我想去我的心愿所在的地方，去伦敦。再者，我无法接受任何由偶然带给我的东西。我为自己定下了一个目标，在达到这个目标之前，我不会歇下来，我不再有中途停靠站了。”

“行，不管怎么说，我跟着你。右边要再加些发胶。”

“谢谢。”

几小时后，多亏先后连接的两辆车，带我跑完路程，我抵达了巴勒莫港。

我得找到离开西西里的办法，不用伪造已被我丢掉的证件，也不用耗费村民们好心给我的那几个欧元。

我在码头上闲荡，加倍地注意观察，我试着制订计划。就在我细细观察轮渡装货时，一个声音在我身后响起：

“喂，小伙子，你想找免费的秘密偷渡，是不是？”

我回过身来，发现一个高大的黑人，一堆肌肉，紧紧包在金黄色的尼龙长裤和淡粉红色的运动衫里，左手手臂上戴着四块水货豪华金表，三块圆的，一块方的。他坐在系缆绳的桩上，露出稀疏的牙齿朝我微笑。

想到我到达开罗时，在联合国办公室前布巴卡尔的高论，我禁不住觉得这是命运在码头边给我派来的又一个布博。我还高个儿一个微笑，不加掩饰地回答道：

“好眼力。”

“啊！”

“你有办法？”

“没错。”

“什么办法？”

“我不知道为什么要告诉你。”

“以友谊的名义。”

“你不是我的朋友。”

“会是的。”

“我也不知道你怎样或为什么会成为我的朋友。”

“别装模作样啦！”

他为我心平气和的胆识感到意外，哈哈大笑。于是，我提出和他共进晚餐，并且说明白“我买单”。对此，他回答说为了未来的朋友，他总是有时间的。

莱奥波德——这便是他的名字——来自象牙海岸。经过了种种不同于我，但是一样复杂的苦难，他想去巴黎。

“我是个哲学家。”第二道菜一上，他就向我宣称。

“哲学专业毕业？”

“不，你想哪儿去了？我没时间接受教育。我得养家糊口。况且，即使我四处奔波，我也做不到维持一家人的生活。”

“那你为什么自称是哲学家呢？”

“因为，能过我过的这种日子就得是个哲学家。”他嚷嚷道，“以前在象牙海岸是这样，现在当偷渡客还是这样。我的梦想是在巴黎成为哲学家。”

“在巴黎教哲学吗？”

“你胡说些什么呀，老离不了你的上课、学校、大学！在巴黎当哲学家，也就是说我会在巴黎的碎石路和石板路上实施我的哲学。”

“比如说，在桥洞下？”

“对啊。”

“和流浪汉们在一起？”

“你终于明白了！因为，如果他们，流浪汉们没有达到哲学的顶峰，那就是说，我在哲学上一窍不通。”

我赞同。莱奥波德继续狼吞虎咽和滔滔不绝地说话。

“你瞧，我无非是想在法国找个微末悠闲的位置，我并不想成为法国人，或者欧洲人，除了证件。因为，说实在的，我永远都不可能赶上他们的心态。”

“欧洲人的心态？”

“是的。我太善良，太好吃，太单纯。我这个人热爱生活，热爱和平。像他们那样酷爱战争我做不到。”

“你开玩笑吧？”

“清醒清醒吧，朋友。欧洲人喜欢杀戮，他们醉心于炸弹，迷恋着火药味。要证据吗？他们每隔三十年打一次仗，要他们耐心点儿他们就难受。即使在和平时期，他们也只爱军乐——当鼓声响起，喇叭吹出他们的国歌，他们就会热泪盈眶，这不，他们便哭起来了，激情飞扬，就像给他们听到的是爱情歌曲。不，很清楚，他们喜欢战争，打仗、征服。而最糟糕的，你知道欧洲人为什么发动战争，杀人，互相残杀吗？是出于腻烦。因为他们没有理想。他们打仗是为了摆脱腻烦，他们发动战争是为了躲避绝望，是为了得以再生。”

“你夸大其词了。欧洲太平了六十年。”

“正因为如此啊！他们远离战争已为时太久，致使今天，他们的年轻人站在自杀的边缘，少男少女们寻求自杀的方法。”

“不，他们变了，现在，还是好些了。”

“是啊，好些了，因为有电影、电视，每天给他们一点儿恐怖，尸体、血、撤出的伤员、爆炸、大楼的废墟、伏兵、士兵们的哭泣与可敬的父母。这一切维持着他们的健康，是帮助他们等待下一次大屠杀的方法。”

“你要是能遇上个欧洲人赞同你描绘的他的形象，那才怪呢。”

“当然！欧洲人并不知道他们就是这副德行。为什么？因为，为了自我观察，他们创造了哈哈镜：知识分子。天才的玩意儿啊，那面镜子照出来的是不同于他们本人的形象！镜子里的影子让他们看到不是自己的自己！欧洲人，他们极喜欢知识分子，他们给知识分子荣誉、财富、威望，让知识分子为他们营造他们并非如现实那样的印象，而是相反，他们是和平主义者、人道主义者、与人亲善的理想主义者。知识分子的工作真是妙不可言的活儿啊！高薪高酬，很有用处。如果我不想在巴黎当哲学家，我还真想当知识分子呢。欧洲人多亏了他们的知识分子，才能舒舒服服地生活在双重世界里，说着和平，发动着战争，他们创造理性，却使劲杀人，他们炮制人权法，而他们巧取豪夺、兼并吞没、杀人放火，数量之多达到整个人类历史之最。欧洲人，奇怪的民族啊，朋友，奇怪的民族，一个大脑和手不相联结的民族。”

“可是，朋友，你却想去那儿生活？”

“是的。”

连着三天三夜，我和莱奥波德形影不离。

午夜光景，血液被连篇的空话和饮料烧得在血管里直沸腾，莱奥波德坐不住了，他感到需要去勾引女人。从这时候起，再没有任何东西能拦阻他对大腿和乳房津津乐道。最奇怪的是莱奥波德，穿着淡粉红色和嫩黄色的鲜艳的衣服，戴着水货链子和手镯，他那些说唱歌手的小玩意儿——从金光灿灿的鞋子到银色的大盖帽——一身奇装异服，这身服装，让最蹩脚的男扮女装的巴西演员在相形之下也变成了修女，莱奥波德引诱女性观光客，并且总能达到目的。

当他离开暂得一时的猎物的怀抱回到我这儿的时候，他两眼通红，神态激烈。

“你知道什么？咱们操那些欧洲女人，咱们让她们生孩子，咱们，黑人、阿拉伯人、亚洲人，因为咱们比他们做得多，做得好，因为咱们喜欢孩子，咱们生的孩子也多。总有一天，世界上的欧洲人就会所剩不多了！”

“是的，只剩下你和我。或者该说你的私生子们，因为，我觉得你已经下定决心要改良地球上的人种了。”

“我的儿子女儿遍布天下吗？你说得好，那样会好些！”

“听你滔滔不绝地讲那么多蠢话，我对此就不那么确信了。”

随着他就那些让他入迷的欧洲人制定出一套套理论，莱奥波德向我逐渐交代了他的逃跑计划。要想离开西西里，就得登上轮渡。然而，要想不给钱和不用出示我们没有的证件，我们就得找一辆能让我们有藏身之处的观光客的汽车。为此我们花了好几天分析旅行的人群，寻找能让我们实施计划的那一类人。

“最好是逮住几个小瑞士人。”

“什么？”

“小瑞士人。金头发的一家子，有钱，穿着白色亚麻布衣服，坐一辆大得像卡车的轿车旅行，那个理想的家庭，父母亲总是带着微笑，孩子们总弄得干干净净的，一串儿好运气的人，婴儿都已经有手机了，还没生出来就办好了铂金信用卡。这些人，警察不找他们的麻烦。他们离现实远远的，根本就想不到那些狡猾的手段。我们得找小瑞士人！但是小心，找不是瑞士人的小瑞士人！因为，万一在大陆上被关在后备厢里，一直关到瑞士，在瑞士，谁都不会要我们的。他们有湖泊、高山、海关、狼狗、警察，这一切封闭边境！当然，小心欧洲其他国家在有人骚扰边境的时候一样不会放松警惕。”

“拥有领土的时候捍卫自己的领土，这也合情合理。”我说。

“最近这几百年，欧洲人哪儿都去一下，哪儿都做点买卖，哪儿都偷一些抢一些，哪儿都挖一下，哪儿都建造一些，他们到处繁殖一些，到处殖民，而现在，他们能抱怨别人去他们的家吗？真让我不敢相信自己的耳朵！他们的领土，这些欧洲人，他们毫无廉耻地跑到我们那儿去扩大他们的领土，不是吗？正是他们率先拓展他们的边境线的。现在，该轮到我们了，他们可得习惯习惯，因为我们全都会去他们那儿，非洲人、阿拉伯人、拉美人、亚洲人。我和他们可不一样，我越过边境的时候不用武器、军队，不带有高贵的使命去改变他们的语言、法则、宗教。不，我啊，我不侵略，我什么都不想改变，我就想寻找一小块立锥之地。瞧，这不就是些小瑞士人吗？”

他给我指了指衣着华贵的一家，他们刚把两辆宽大的休闲车停放在轮渡停车场上。

“那里面，你肯定能有位置。”

“你来吗？那里也许能有两个人的位置。”

“不，我就不去了。”

“什么？你不去巴黎当哲学家了？”

“去，去。可不是现在就去。现在，我就在巴勒莫当哲学家。我要撼醒像你这样的人们。我觉得我在这儿用处大些。”

“可是……”

“听着，朋友，在人类中，有两种人：一种人自责，另一种人抱怨他人。你则属于前面那种，你勇往直前，一旦失败，你只责怪自己。我却不幸是后面那群人里的一分子，愤恨不满的人，总在怨天尤人。我说得多，做得少。”

“那就别说了，拿起你的袋子跟我走。”

“给我太平点儿吧。赶快跳进小瑞士人的大车箱。别迟疑了，再拖就错过机会了。”

我觉得他是对的，我要是再等下去，轮渡工作人员就要把那两辆轿车开走了。

“莱奥波德，你为什么要帮我？”

“因为你是我朋友。再者，你请我又吃又喝好几天。”

“莱奥波德，我想你是不会走的了。”

“啊，你明白了！你可知道，你是我真正的朋友。”

我望了望莱奥波德，他的水货手表，假首饰，那身明确表现出他对这个世界的理念的衣服，这个让他又喜欢又讨厌，他也许永远都不会投入的世界。我朝最近的那辆车跑去，钻进车厢后面，前排位置和儿童座之间，身上堆起几只较轻的旅行袋，让自己藏好。我等待。

一名职工上车，把它驶向登船跳板，把车停放在轮船金属腹部的停车位上。

我待着几小时没有动弹，接着，海水巨大的翻滚声，汽笛划破长空，脚下开始动了。

汽车轮渡刚刚驶出，驶向那不勒斯。

我脑海里飞快地掠过一篇接一篇的祈祷词和对船体大小的科学评价，它的抗风暴能力。换句话说，我感到惊慌。

那不勒斯

在那不勒斯，只要在火车站周围转悠，便能进入地下网络和交易。你想要麻醉品，车站周围有人能为你提供；你找妓女，车站旁边就有妓女来搭讪；你想找付钱的或免费的男人，在车站周围就能勾引到；你想打黑工，车站周围既能找到老板，也能找到工人。啊，那不勒斯火车站不是天堂，它仅仅是免票的地狱入口。那里的女人丑陋，男人疲惫不堪，工作卑微，雇主可恶，酬劳菲薄，毒品致命。在那不勒斯车站什么都能找到，然而是堕落的一切，腐败的一切，遭到虚无噬啮的一切。

经过几天小心谨慎的调查，我在那儿遇上了那些蛇头，他们穿着漆皮鞋，在大楼间转悠，并且很快就向我陈述了他们的条件。

花上四至六个月的普通工资，他们负责把你送到北海，即穿越两个国家——意大利和法国，和两道国境线，法国的和比利时的。然后，便得在那里另找关系，解决问题，前往英国。

在我们这些想要逃出去的人中间，难得有谁还持有这笔款子的。没问题！如果我们没有，蛇头建议我们怎样把它赚到手。就像旅行社似的，他们也提供“一条龙服务”：干几个月活换取允诺的旅行。

我很快就猜测到在与我们接触的这些人背后有黑社会活动。

“在进行新交易的时候，手法总是很现代的！黑社会预见到在偷渡者身上有金钱可以搜刮。这便是商业头脑啊，我的儿子：要知道从穷人身上像从富人那里一样，可以抽取那么多的黄金。”

就在我坐在小街的一个换气栅栏上揉着脚踝的时候，爸爸出现了。

“爸爸，我该怎么办啊？”

“儿子，你找我要建议？你会听吗？坦率地讲，你胆子够大的了！这几年你说干就干，一直到面临深渊，才想到征求我的意见……我拒绝回答。”

“你，你拒绝回答吗？这也就是说你同意我的做法了。”

经过对那些建议的研究，权衡得失——或者因为竞争者们早已达成秘密协议，使谁都无法砍价，或者是因为有黑社会全盘监督——我接受了其中之一的约定。

就这样，我为一个废铁商干了好几星期活，总之，他是个奇怪的废铁商。这个人有一家公开的企业，可他主要干的却是非法的勾当。夜深人静的时候，工头们砸开工地大门，那里隐藏了好几个钟头的两个可靠的人早已绞断了警报器、摄像头和电话线路；我们这些小工便在黑暗中，无声无息地盗走大楼里的铜或锌，搬空储存，起走已经安装好的设施；早上五点，我们把战利品装上一辆黄色的卡车，然后，送到几十公里外，把这几吨器材卖掉。有时，找不到大工地，我们便趁礼拜天去抢劫制造或存放这些器材的工厂。还有的时候，快要一无所有了，头儿便派我们去乡下，黑夜降临，我们把孤立的别墅屋顶切割成块。

从第一次盗窃起，我就把我的道德束之高阁。考虑到满足需要就是一切法则，我从不想到受害者、被盗的企业、遭到抢劫的工厂，更不会想到发现自己的房子没了屋顶的那些人。我紧咬牙关，干得艰苦，挣钱很少。

在公共澡堂打着肥皂的时候，我不时地为命运的任性感到惊讶。瞬息之间，我认识到了自己离开了伊拉克和它的不公正，却跑到那不勒斯来经受黑社会的盘剥。

“我的儿子，我的肉中肉，血中血，我很高兴你有时对此还知道一些。你的良心，虽然一纵即逝，躲躲闪闪，毕竟还没泯灭。”

父亲经常利用这种时刻试着教训我。

“你好，爸爸，你那边还顺利吗？”

“挺怪。你相信他们这种人会信守合约吗？他们不会欺骗你吧？”

“我确信，那些不老实的人，一旦向你提出什么交易，会严格遵守诺言。”

“我知道：匪徒们一言既出，驷马难追，因为他们只有这个！”

“完全正确。由于他们不能签署任何东西，他们的每句话就像写下来一样的有效。”

“别说了，儿子，我要吐了。盗贼的荣誉！言出必果！罪孽的浪漫主义！行行好，打住吧！这些卑鄙的家伙利用你的不幸来装满他们的荷包，你还想让我为他们叫好吗？”

他细细观察着我，做了个怪相。

“你能撑下来吗，儿子啊？”

“能。”

“肯定？”

“肯定。”

“我这么问你，是因为你在护理你的双脚，可你看到你这双手了吗？划破了，撕裂了。你的手，它们比你大二十岁。你都已经没有了像我这样的手了。你记得我的手吗，儿子？”

“它们很美，爸爸。”

“应当承认，我很少伤到它们：翻翻书页，抚摸抚摸你母亲和我的女儿们……”

“还抽你儿子的耳光。”

“哦，只有一次。”

“两次。可那是我自找的……”

“你该知道我有多爱你，我的儿子，就像这两个耳光，我抽你也是出于爱啊。”

接下来发生的事情证实我们都对：我是对的，因为我最后还是走成了；我父亲是对的，因为他们硬要我比预定的多干六个星期，用来抵旅费。

终于，他们通知我，下星期天，有两名船老大启程去北海。

那天早上，我前往那不勒斯南郊一家饼干厂的后院报到。约好那天走的有我认识的三名工人，一个土耳其人，一个阿富汗人和一个阿尔巴尼亚人，我们在一起割过几公里的电缆。我们暗暗打了个招呼。另有一些陌生人到了，大多数是黑人，怪里怪气地戴着假的豪华手表，象征着他们即将得到的幸运。每个人带一个小包或袋子，因为按照规定，我们无权拥有手提箱。尽管我们全都拖着疲惫的身躯，脸拉得长长的，尽管我们谁也没说话，眼睛里却闪烁着同样欢快的光芒，我们都有一种解脱的感觉。有人在仰望蓝天抽烟，还有人低声吟唱，两个年轻的黑人拍着手。当第一辆小卡车冒出一点儿轮廓的时候，我发现我们已经有三十几个人了。

三名黑手党徒从车上冲下来，要我们都进楼房去上厕所，这是为了中途不必停车采取的必要措施。我说明一下，已经有人让我们前一天晚上少吃一些，让肠子空出来。我们耐着性子执行了。

接着，他们让我们重新在院子里集合，要我们上车。

“第二辆小卡车在哪儿?”阿尔巴尼亚人气冲冲地问，他已经能用意大利语解决问题了。

“统统到车子后面去。感到不满意的人回他的破屋得了。”

人群发出轻微的埋怨声，但是我们中谁也不想作进一步抗争了。有什么用？既然当初逃离了我们的国家，那么，从此，便总在逃离，这种秘密状态，这种奴隶身份，受黑手党的控制，把我们降低到牲畜的待遇。我们一个个爬上车。还是最后一次表现得像牲畜那样来逃脱牲畜群为好……

我们挤得人贴着人。不管怎样，办法只有两个：或者把我们一个个平躺着摞起来，最底下的人肯定就会被闷死；还有一个便是我们紧紧地挤在一起，手臂贴着旁人的腰肋，肩膀靠着旁人的肩胛骨。幸好，出于自尊和尊重同伴，大家都在出门前做了梳理清洗，衣服上没有了汗酸味和油腻味，皮肤上也没有污垢和尿液，只是有些人的表皮散发出厨房调料和大蒜气息。不过，没有什么让人受不了的。

当那些黑手党徒推着堆有两立方米盒子的底托过来，把它们装上车子后部的时候，我感到就像在做噩梦。

我们在那里已经没有位置了。

大家一个个开始用自己的语言抗议。反抗之声如雷轰鸣。

司机当即抓住他够得着的两名偷渡者，粗暴地把他们扯下来，摔在地上。

“你们这么不乐意？那就留在这里好了。”

我们的反抗一下子便刹住了。

两个被丢出去的人爬起来，结结巴巴地说他们后悔了，再也不敢抱怨了，尽力想要回到车上来。

然而，他们被那几个黑手党徒扯住了。其他人继续往车上装饼干，就像用砖头垒墙似的，由此来保护我们，逃过警察的检查。

当两个黑人明白他们将被逐出旅队时，便叫起冤来，又是恳求，又是哭泣，其中一个扯下他的篮球鞋，从鞋垫下拿出一沓新票子。

黑手党徒们依然不为所动。

我们这些人怯懦地不敢吭声。我们懂得，黑手党就是以这个代价——开掉两个黑人——来换取我们的顺从。虽然我们在小卡上都快被挤扁了，我们却认为自己是得到了优惠的。

“绝对不要发出一点点声音，不要叫我，不要敲打铁板，悄悄解决自己的问题。”司机大声叫嚷，“我跟你们一样冒着生命危险。甚至更大的危险。如果情况恶化，你们丢了钱，让你们回老家去；我却要蹲班房！因此，闭上你们的臭嘴，直至最后。如果你们能循规蹈矩，一切都会顺利的。听懂我说话的人，翻译给同伴听听——团结一致对你们有利。因此，不要有任何行动，不要说一句话。尿在你们喝完了水的空瓶子里。我不想在你们身上花费比对我的饼干更多的注意力，OK？”

车门关上了，我们被关闭在完全的黑暗之中。

车开了。最初几米，我们还能听到那两个被驱逐者的哀求声。后来，便什么都听不见了。

施虐狂司机走上一条坑坑洼洼的道路来为乘客施行洗礼。使我惊讶的是，尽管颠簸得厉害，行驶的小卡车里却不难站住，我们腹背相贴，挤得那么紧，困难的是呼吸——我虽然个头高，但是我的鼻子还是只能压在一个尼日利亚彪形大汉的肩上。

没有人提出抗议。既然我们被当作动物对待，我们便把表现得有个人样儿看作名誉攸关的问题，不说怨言，尽量调整到不要互相挤伤。总之，我还从来没见到过在如此屈辱的处境下还能做到这般的自尊。

他们曾告知我们旅程很长，可我很快就发现旅程长得让人受不了。自从我明了这些黑社会的人只是实践他们一部分的承诺以来，我总在考虑，他们什么时候才能让我们休息片刻。

“你相信我们中途会停一下吗？”我对我旁边的那个人低声耳语道。

“当然。”

“是吗？司机会搬下然后搬上这些盒子，让我们舒展一下麻木的双腿吗？我可没在他身上注意到有这种利他主义的倾向。”

在这个想法的打击下，我的邻人没有作答。幸好，我们的交谈是用阿拉伯语进行的，几乎没有出声。我们的疑虑没有传染给其他人，他们恐怕也在经受同一忧虑的煎熬。怎么知道？我们全都沉默无语。

奇异的旅行……我回想起来，这次旅行就像是无数接连折磨着我的不适。先是炎热。接着是饥饿。再接着是想撒尿，这泡尿我憋了好长时间。有一阵子，我忍受了胃痉挛，喉咙干燥，舌头僵直、干渴、胀大之后，感到膀胱烧灼得厉害，即使在往瓶子里排空了尿液之后，还在灼痛。

我等着闻到臊臭味，因为我把瓶盖弄掉了，然而，在这几个小时里，我们每个人都方便过了，我已经久而不闻其臭，感觉不到气味了。

最后几小时旅途使我们陷入混沌。我们已经不知道是白天，还是黑夜，跑了多少时间了。我无法站着睡觉，背起了《可兰经》。有人刚刚入睡，便在转角或坡道上受到别人躯体的猛烈挤压。

小卡车又一次放慢速度，我听到有人在讲意大利语。我感到沮丧，断定我们还没有离开半岛。

司机熄了火。

有人为希望战栗。

司机开始跟海关人员交涉。海关人员要求让他们看看小卡车里装的货物。

司机微微打开车门。

“你们看到了，就是些饼干。”

他关上门，这时候，一个声音拦住了他：

“等一等。让我瞧一下。”

司机厌烦地叹口气，重又把车门开大一些。

我们呼吸到了夜晚的清新空气。谁都没动弹。

“狗娘养的，你的饼干好臭！”

那个海关人员由衷地发出一声呼喊。

“管它的，反正我并不想把它们卖给您。”司机回嘴道，

“不过，我倒是想送点儿给你尝尝。”

“啊，不，它们臭死了。你的卡车上还有别的东西吗？”

“啊，也许在车底下有腐烂的动物尸体吧，我装货有点儿急，因为我时间紧迫。是了，那边底下可能有个死老鼠。”

“死老鼠？一群死老鼠吧，我想说。把这些盒子拿掉，让我看一眼。”

“听我说，我已经迟到了。如果我不能及时交货，老板会杀了我的。”

“把盒子拿掉。”

“不行。”

“你拒不执行？”

“是的，我会丢掉工作的。”

就在海关人员和司机僵持不下时，我们屏住呼吸。谁会得胜？

突然，海关人员大声嚷嚷起来：

“不，这也太难闻了，不可能啊。”

他使劲一扒，企图搬开几盒，整堵墙倒塌下来，我们被他的手电光照得什么都看不见了。

“婊子，这是怎么一回事？”

司机没回答，他飞快地逃跑了。

那个海关人员明白过来，发出警报。他的同事们向卡车尾部跑过来。

他们惊愕得说不出话来，用手电照着我们。我们的脸把他们吓坏了，连我都被旁人可怕的脸孔惊呆了，他们一个个惶恐不安、毛发蓬乱、精疲力竭、饥渴交迫。

“偷渡客。”那个海关人员断言道。

停车场边缘有人大喊说司机逃跑了，没抓到。

“算了，我们逮住了最主要的。”

这句话能有什么含义？他们庆幸捕获了我们这些偷渡客，而不在乎一个有组织的嘲弄法规、盘剥非法居留人员的黑帮成员？难道抓贫苦人比抓靠赤贫发财的骗子更有意义？

此后开始了一片惊讶声。他们惊讶，我们怎么会往身上撒尿，还有人把屎都拉裤子里了。似乎他们在发现人体的生命机能，似乎他们不受生命机能约束，还似乎我们的气味，我们身上的气味，更使人嫌恶。在他们的目光下，我仿佛觉得是我发明的粪便，不是忍受粪便，不，是我创造了它，我对此负有责任，甚至，负有罪孽。

在把我们转送去站里时，他们把我们带进了淋浴室，让我们恢复了得体的外观。我们回去时看到他们那个高兴样子，这回，我的感受是，如果说我发明了粪便，他们则刚刚发明了清洁。看来，这栋海关小楼无疑是发明家们的聚会地！

“儿子，别有怨言，那都是些正直的伙计，这是他们的工作。”

我们在走廊里找回我们的小包，父亲便在那里等着我。

“爸爸，你看到他们的表现了吗？他们期待着在卡车里找到老鼠，果然，他们真的看到了老鼠。他们看上去并不肯定我们是人。”

“他们怕了。”

“一个一无所有的人，这也可怕吗？不，爸爸，他们并不怜悯，没有同情，也不从我的角度设想一下，他们看我像看一个下等人。在他们眼里，我属于别的人种。我是个偷渡者，不该在那里的人，没有得到允许存在的人。说到底，他们是对的：我完全变成了人下人，因为我享有比别人更少的权利，不是吗？”

“不要冲动，萨德。从你来到这里后，他们的态度挺好。”

“你说得对，他们和蔼可亲。像对动物那样和蔼可亲。”

“行了！”

“爸爸，谁是野蛮人？被认作下等的那些人吗？还是自认为上等的那些人？”

第二天早上，在关押我们的寝室里，看守随手留了份意大利语报纸，也许本来就是给我们看的。我读了标题，然后读了文章，感觉怒火中烧，浑身发抖，气得喘不过气来。

海关人员和新闻记者沆瀣一气，为拦截了我们的卡车而庆幸。他们自我吹嘘把我们从失去尊严的旅行中争夺出来，三十个人直立拥挤在不到六平方米的车厢里，其中还有七个不到十六岁的未成年人。虽然他们惋惜让司机逃跑了，就我们而言，他们却毫不抱憾，因为，我们的前途已有安排：就像收容所之于流浪狗——警局的待领场便是我们的归宿。我们中的有些人将被交还给他们的主人——他们的国家——如果能得以确定身份的话。谁都没意识到，对我们来说，回国是最大的灾难；没人懂得，他们夺走了我们的积蓄，我们全家的积蓄；他们想象不出我们带着亲人们的希望。不，他们觉得自己尽职尽责了，并没有杀死这三十条生命，和这三十条生命后面的三十个家庭，也就是指望着我们的那两三百号人。

乌拉！刽子手们在头儿的办公室打开香槟！昨天的英雄们庆祝他们的工作有成绩！

我从没感到过如此屈辱。

几小时后，当他们来叫我去谈话时，我还没有消气。

我一进办公室，还没看一眼找我谈话的是何许人也，便用英语大声嚷嚷：

“我要投诉。”

“什么？”

“我要投诉海关人员，他们中断了我的旅行。昨晚上，他们使我失去了司机，他们抢走了我的钱，他们使我好几个月的工作都白干了，他们贪污了我为了到达这儿作出的三年努力。”

那个穿制服的人吃惊地凝望了我一眼。目光忐忑，玫瑰红的双唇紧闭，像个玫瑰花骨朵，本色的皮肤，看上去，干他这职务的人里再没比他更年轻的了。他穿着紧束腰身的军服，皮带标志着他腰有多细，他就像一个假扮成军官的少年，却不像他本该是的出色的官员。他说话声音低沉、稳重、富有表现力，和他身体的青春奔放恰成对照。

“啊，是吗？被人以屈辱的方式，牲口不如地运送，你满意吗？”

他带着意大利语的重音，说着失去了卷舌音的英语，这种社交界舞者的英语，戴着凸显身材的紧身褡，能使臀部显得更漂亮，每句话都在飞旋的英语。我没有张皇失措，继续攻击：

“他们没有强迫我登上这辆小卡车，我是自愿的！相反，如果这种扣留无限延续，我的旅行被迫中断，我就成了被害者！”

他哈哈大笑。

就像我进来无非是一场戏的开场白，他请我坐下，然后，自己坐在电脑前，开始审讯。我当即制止他道：

“问我毫无用处。”

“是吗？”

“几年来，我经过了不知道多少次谈话，就像您准备进行的这样，可从来就没有起到过什么作用。我肯定会答非所问，因为人家对我始终大门紧闭。”

“或许会好好回答，因为我们没有把您打发回家。”

他朝我微微一笑。我垂下两眼。这位非典型官员仿佛比我上几次遇到的那几位聪明。好兆头还是坏兆头？

“您叫什么名字？”

“尤利西斯。”

“什么？”

“尤利西斯。有时，我也叫没人。可是，没有人管我叫没人。况且，也没有人叫我。”

他擦擦下巴。

“我看，行。您从哪儿来？”

“伊塔克。”

“伊拉克？”

“不，伊塔克。所有的尤利西斯都是从那儿来的。”

“伊塔克在哪儿？”

“谁都不曾知道过。”

他精明地笑了。这时，我盯了他一眼。

“别浪费您的时间了。我绝不会告诉您我的姓名和国籍的。我能保持沉默几个月，我已经证实了这一点。您赢不了，我也赢不了。况且，现代战争好像就是这样的，既没有胜者，也没有败者。仅仅就是战争而已。”

“没别的了？”

“我受不了审讯。我禁不住会想，罪犯才会经受这样的煎熬。”

“谁能向我们担保您不是罪犯呢？”

“我的情况是法律没有预见到的，不属于违反法律。”

“恐怕我很理解您的状况。”

我扬起一侧的眉毛，他的目光向我传来深深的明确无误的同情。我为此心慌意乱，我停止了独白。

他站起身，请我抽烟，我拒绝了。他自己点上，欣悦地抽上一口。看到他那快活的样子，我想起蕾拉，嘴角掠过一丝微笑。抽过几口后，他朝我转过身来。

“我爱我的职业，先生，因为我喜欢同罪恶作斗争。然而，在您面前，我并不觉得是在干自己的行当。除了我在浪费时间，我还丧失了我的信念……是的，对我的职责的信念！”

他展颜一笑，几乎十分迷人。

“您不会喜欢这样吧，不会喜欢我丧失信念吧？”

我一阵哆嗦。他究竟想干什么？

“您知道，先生，边境线，只要它们还存在，就得尊重它们，让大家尊重它们。当然，我们也有权怀疑它们为什么要存在。它们是解决人类问题的好办法吗？划定边界线，这是让人们共同生活唯一的方式吗？”

我对谈话的转向感到惊讶，可我还是做了回答：

“迄今还没别的办法呀。”

“就算这是唯一的办法，但它是个好办法吗？人类历史就是移来移去的边境线的历史。进步是什么，不就是边境线越来越少吗？好几千年前，边境线就划在每个村子的村口，当时它们数不胜数；后来边境线拉长了，围起了部落、氏族、民族；它们的数量总是越来越少，越来越能变通，在一个国家的空间里，围上好几个群体。更近一些时，它们越过了国家的界限，或者通过联邦制，像美国，或者通过合约，像融合欧洲的那种情况。按正常逻辑，这种情况还将继续下去。我这职业荒诞不经，它没有前途。因为，边界即将消失，或者延伸到更广阔的领土范围。”

“它们的限度会是什么？”

“洲大陆。”

“那时就只剩下天然屏障，海洋和陆地的边界了？”

“是啊。”

“人们毕竟还需要说‘我们’来表示所在地区：我们美洲人，我们非洲人，我们欧洲人。”

“他们难道就不能尝试说‘我们人类’？”那位官员自言自语道。

"那样，这便是对动物而言了。"

"在那种情况下，为了把它们也包括在内，他们可以试试说'我们生物'吗？"

"您是个伟大的空想家，官员先生，您真该换个职务，司法部比国防部更合适您！"

他仿佛才清醒过来，尴尬地、笨拙地放声大笑。他坐在桌子上，朝我俯下身来。

"在我眼里，你不是个贱民。"

"言不由衷了吧！我要是从窗口跳出去，您会朝我开枪的。"

他吃惊地后退一步。

"您想到这样做了？"

"想到您会朝我开枪？"

"不，想到从窗口跳出去了？"

"是的。"

他把脸转向离办公桌两米的窗口。他的手指在桌子上敲打。我坚持问道：

"您没有回答我的问题。您会朝我开枪吗？"

他紧锁双眉，回过身来。

"您说呢？"

我们久久地互相打量。我小心翼翼地回复：

"依我看，不会。"

他也小心翼翼地加了一句：

“您说对了。”

我们俩都垂下眼皮。过了一会儿，我又开口道：

“所以，您还是小心为好：把窗子关上吧。”

他盯了我一眼。过了片刻。他轻声说道：

“我好热。”

我几乎都不敢理解这个信息。我的头脑开始发热。

“我逃出去的话，往哪儿跑好呢？”

“我一无所知。”

“您要是我的话呢？”

“我的话，我爬上山，步行越过边界。那儿都是高山牧场，再没有海关了。”

“是吗？”

“是的。走大路，自己找上门去海关哨所，够傻的。总之，我本不该说这话，因为我搞砸了我的工作……您还是有些逻辑头脑吧，不会到有我们在的地方去惹我们。是不是？”

我激动地记下他的叮嘱。

我笑笑，他也笑笑。接着，他两眼望着天花板，发出一声叹息，愤愤说道：

“怎么热成这样！真让人受不了！”

他走到窗边，把窗子开得更大些，然后朝外面看一眼。

“呵，真奇怪，下面没人！”他嘟哝道。

他毫不做作地返回办公桌前，专心致志地读着一份报告，仿佛已经忘了我。

我在犹豫。

为了鼓励我，他望了望吊灯，打了个哈欠。

我一秒钟也不再等待，从窗台栏杆上跳出去，着陆在下层院子的沥青地上。

我发现停车场那边的大门，飞奔过去。

上马路后，我还是回了一下头。

我隐约看到他窗洞里的侧影，他平静地抽着烟，耐心等待着我消失后再发出警报。

尤利西斯的计谋

那天早上，我窝在两块农田间的一道沟里，醒来的时候，浑身浸透了露水；我凝望着天穹，山山水水清晰地呈现在我面前。我们与恐惧作斗争，然而，与我们平时常说的相反，这种恐惧并不是对死亡的恐惧，因为，对死亡的恐惧谁都没经历过，有的人没有一点儿想象力，还有的人认为自己是不会死的，还有的人希望死后有奇妙的遭遇。唯一普遍的恐惧，独一无二的恐惧，引导着我们全部思想的，是惧怕自己什么都不是。因为，每个人都曾有过这种体会，哪怕一天中只出现过一秒钟：发现确定特征的身份证明本质上没有一个是属于他的，他完全可能没有这些标明他特征的东西，只需要一根头发丝的差异让他出生在另一个地方，学习另一种语言，接受不同的宗教教育，在另一种文化里长大，用另一种意识形态教育他，和别的父母、别的监护人、别的榜样在一起。晕！

我这个偷渡者，我让他们想到了这一点。空虚。为他们奠定基础的这种偶然性。对所有的人都如此。正是为此，他们恨我。因为我在他们的城里转悠，因为我擅自占用他们废弃的房屋，因为我干了他们不愿意干的活，我对他们欧洲人说，我真想待在他们的位置上，我很想取得随机的命运给予他们的优惠。在我面前，他们意识到自己很幸运，抽到了好签，致命的切肉刀贴着他们的屁股而过，并且，一想起这种最初的、构成的无常便使他们全身发冷、手足无措。因为，人们为了忘掉虚空，试图让自己感到充实，力求相信，基于深刻的、永恒的理由，他们从属于某种语言、某个民族、某个地区、某个种族、某种伦理、某个历史、某种意识、某个宗教。然而，尽管有这些粉墨涂料，每当这个人进行自我分析，或者有偷渡者来到面前，幻象便烟消云散，他便看到了空虚：他完全可能不是现在这样，不是意大利人，不是基督徒，不是……他兼而得之的身份、给予他充实感的种种身份，他心里明白，这仅仅是他所接收到的，然后，把它们传下去。那只是别人撒在他身上的沙——真正属于他本人的却一无所有。

我站起身，掸掉粘在我衬衣上的草茎，决定立即行动。

我爬上一道栅栏，来到夹在维修站和汽车旅馆之间为驾车旅行者设置的休息场地。我知道，我必须在警察找到我之前消失，便细细考察环境。

我按照那位官员的建议，步行进山，假如我弄到一张地图，走上好几天，我还是有很大可能被认出来。那么，有没有别的办法呢？

我坐在灌木丛间一个高出停车场的土墩上，揉着双脚，准备好好想一想。

“儿子，你记得尤利西斯和羊群的那段故事吗？”

“爸爸，晚上好。很高兴见到你，可现在不是讲文学的时候啊。”

“文学比你以为的有用。当初我要不是朗诵了几首爱情诗，怎么可能把你母亲迷住呢？我要是没在书里学到如何表达我的情感，后果会怎么样呢？我如果不是总有许许多多故事向她喃喃道来又会怎么样呢？”

“我不在乎！文学在夫妻生活中的功绩，这是个异国情调的主题，今天对我毫无用处。”

“儿子，你从来就不理解你父亲。我提及尤利西斯和羊群的故事是要给你一个办法。”

“什么办法？”

“不，迟了。你让我觉得我打扰了你。”

“爸爸，别卖关子了！给我讲讲你那段故事吧。”

“狡猾的尤利西斯不知道怎样走出他和伙伴们被困的山洞。因为独眼巨人虽然瞎了，却在羊群出洞的时候要一个个摸过，以确定被他抓住的人没有骑在上面出去。于是，尤利西斯想到把几只羊拴在一起，希腊人便分别钻在它们的肚子底下。就这样，独眼巨人用手摸遍牲畜的背，却还是让尤利西斯那帮人跑掉了。”

在我们下面，透过清晨的浓雾，传来脆生生的羊叫声，一辆用篷布遮掉部分车厢的卡车装载着一群母羊，两侧堆着一包包麦草。司机刚下车去上厕所。

“谢谢，爸爸，我明白了！”

“总算明白了！”他一声叹息，消失在浓雾里。

我迅速朝卡车跑去，毫不犹豫地溜进车子的底盘下，然后在轮子间往前爬。爬到中间后，我爬上车轴之间，卡住双脚，然后用皮带绑紧我的身子，让它紧贴车底，身子正好高出路面，却不是仅靠两只手臂的力量。

司机回来了，他爬到羊群中间。

“怎么样？小宝贝们，状态良好？”

我听到他在我上面翻动草料。

重重一声喘气后，他下来了。我十分担心地等着他蹲下身子，发现我在车底下，可他抽了一支烟，踩灭烟头就上车发动了。

我由衷地感谢父亲提及尤利西斯的小计谋，因为，要不是他这个故事，我会满足于躲在羊群中间。

此后剩下的便是希望这个司机走上去法国的道路，而不是去往意大利南部，因为停车场联结着这两个方向，而从我所处的位置，为了不要让背擦到路面，我紧贴铁板，看不到路标，无法作出推测。

车开出不一会儿便放慢了速度，我听到他在和海关人员争执，由于发动机轰鸣，我听不清楚他们说些什么。

我不知道自己该不该庆幸：一方面，这说明他走的方向没错；另一方面，这还意味着我的旅程可能会到此告终。他干吗交涉不休？

海关人员让他驶向一块界石，然后熄火。

“什么？您要让我们看看您车里装的是什么？”

“这是你们的职业，是不是？”

“是的，可是，该由我们，海关人员，选择让这辆或那辆车停车检查吧。”

“你们搜一搜吧，因为我从去年以来总是不敢放心。”

“不放心什么？出过什么事了？”

“你们的同行没给你们讲起过吗？有三个黑人藏进我运送的牲口群里。真乱了套了！他们以为我是同谋！把我看守起来，审讯、威胁、没完没了的麻烦事！他们跑到我家，审问我一家老小，审核我的银行账目，查明我是个老老实实的穷光蛋！啊，不，我差点儿一蹶不振，谢了！所以，现在，我先行自我检查，然后，再要求你们检查一遍。”

两名海关人员爬上护栏，走近向他们的入侵哑声嘶叫的羊群。他们搜查得很快。

“很好！没有问题。”

“谢谢，伙计们，回见！”

卡车又开动了。

我真不敢相信我们已经过了边境线。

卡车车速加快，更因为地面就在我下面几厘米的地方飞驰而过，给我的印象更深。每时每刻，我都在担心车子会驶过一块石头、一具动物尸体或是什么车上掉下来的物品，撕裂我的背脊。

隧道一个接着一个，恶臭难闻，令人窒息，我感到痉挛，还觉得呼吸困难。

这种不舒服的状态还要延续多久？我感到难以支撑下去了……尤其是因为司机选择了一条——也许是高速公路——使他得以避免停车，躲开红灯的道路。

怎么办？

突然，他停了下来，交了过路费，然后，走上一些弯曲的被许多交叉路口切断的道路。我开始重新抱着希望。暮色降落。只要在某个交叉点上多停上一会儿……

一有机会，我便解开拴着的皮带，脱离卡车底盘。

我快完成时，他发动了汽车，我后背着地掉下来，没来得及侧滚。

卡车从我上面驶去，给我揭开了满天星斗。

我露出了微笑。

我得救了。我自由了。我在法国。夜色灿烂。

我趴在沟里，高兴地放声大叫，再也停不下来。

在这个故事里，我不停地在抱怨，抱怨我的厄运，出生的厄运，政治遭遇的厄运，战争悲剧的厄运，流弹和火箭弹的厄运，简言之，我哀怨不绝，以至于现在我应该声明，到了法国后，命运对我显得宽宏大量了。

我忍饥挨饿地走了两天，走进一个边疆村庄，准备去村里的饮水池凉爽一下，这时，一些奇怪的小旗引起了我的注意。

“为无证人员的合法性而斗争”“占领圣彼得教堂”“为使极不公正的法规温和化绝食”。

在一座煤烟色石头砌成的教堂上，穿着牛仔裤和T恤的示威群众有节奏地高呼着口号，舞动着标语牌召唤路人。尽管我的法语很蹩脚，我还是很快就弄明白了，这些人在向政府请愿，要求给予藏身在圣器室、宁愿死于饥渴的某些外国人以合法身份。教堂门口，示威者们抵御着不仅想把偷渡者赶出圣地，而且想把他们驱逐出法国的别动队。

我观察谁在领导这群示威者，最后认出一个叫马科斯的三十来岁的大胡子，身材不匀称的高个子，一头长发，右耳还挂着个银环。

当别动队放弃僵持，返回他们的汽车时，我朝马科斯冲过去，抓住他的手臂。

“你会讲英语吗？”

“一点点。”

我再不迟疑，急急地，几近疯狂地向他讲述我的经历。他听着，瞳孔都因为感兴趣扩大了。接着，用他那极其贫乏的词汇勉强凑起一个差不多的句子，告诉我他这就来管管我的事情。他跟他的几个同志打了招呼，然后为他讲这种语言发音不准致歉，说尽管有爵士乐和电影，但他从来都不喜欢学习英语，由于美国的外交政策，他觉得，这种语言仿佛是压迫者所使用的。

那晚，我便睡在他家的阁楼上，下面一层是五个孩子。

在接下去的那些日子里，他妻子奥迪尔一心要让我长胖一些，因为，在意大利的那些日子以后，我比往常更瘦了。

关于马科斯所在的那个协会，我说不出什么重要的东西，因为，它一直都存在，并且救了几十个像我这样的男人、女人和孩子。他们的成功取决于他们的审慎，同样还有他们的勇气，因为他和他的同仁藐视他们国家的法规，捍卫超越法律的公正的观念，因为他们认为那个法律是错误的。

在他们的保护下，我吃东西恢复元气，还赚了几个欧元，被我当即寄给了母亲。

有一天，马科斯高兴地微笑着把我从睡梦中叫醒。

“萨德，拿上你的小包，我送你去阿尔萨斯，亡灵村村长，舍尔歇医生那儿。”

“亡灵村村长？”

“这是我们在北方的一个联络站，他是我们协会的创始人之一。他会照顾你的。”

我不敢往下问，怕显得愚蠢。亡灵村村长？而且他会照顾我的？这意味着什么？是不是含有威胁？……

从马科斯的和蔼可亲和平心静气来看，我估摸我肯定是想到岔道上去了。我忘了他的用词，决定继续信任他。况且，我还有别的选择吗？

我们从东部北上，穿过法国。

也许，因为这是我能看遍的第一个欧洲国家，我的脸紧贴车窗，我不敢相信一个国家能那么碧绿苍翠，不敢相信一块土地——肥沃、富饶、潮湿、多产得竟能种上品种如此繁多的庄稼，更不敢相信景色中还能积聚起那么多的城堡、钟楼和森林。几小时后，我羡慕起被我们超过的牲口群来了，母牛们悠闲地走在茂密的草地上，强壮的马儿拉着车，肥嘟嘟的绵羊旁若无人。就连农场的狗在这奢华的国度里的生存环境都让我觉得向往。

公路上，我们迎面遇见一些我从未见到过的车辆，现代、宽敞，比中东的车子更干净，更新，更快；车行道和我们那里的相反，不会损坏轮胎，因为它们很长、光滑、平整，洗得干干净净，去掉了石块和裂隙；而且路边装着延绵不绝的栅栏。

“整个法国都是这样的吗？”我问道。

“这样的是指什么样的？”

“豪华得像个暴君的私人花园？”

马科斯朝我转过脸来，严肃地打量了我一眼。

“这是一个人民的私人花园。”

我迅速颔首表示同意，希望他多看看路面，不要看我。当他重又成了专心致志的驾驶员时，我又问道。

“如此幸福的人民绝不该再抱怨了，是不是？”

马科斯哈哈大笑。

“他们任何时候都在抱怨。”

我摇摇头，不准备去弄明白了。有时，流线型的火车快得出奇，洞穿田野。飞机棉絮状的尾气在无垠的天际交织纠缠。巨型卡车一辆接着一辆，互相谦让。

“每天都是这样的吗？”

“什么样的？”

“有这么多人在公路上？”

“今天很平静啊。”

我担心马科斯要把我当成傻瓜了。

夜幕降临，接下去的旅程显得更加美妙。马科斯下了高速公路，穿过一个又一个村庄，一个个村庄都那么美丽，照管得那么好，都有圆形花坛标志。我真想在每个村庄停一下，拦住商人们，不让他们拉下五彩缤纷的橱窗前的铁门，跳进被金色的灯光照亮的屋子，穿过帷幔，变成这家人的孩子，这家人的兄弟，在这张堆满食物的餐桌一头坐下，取代那个关上百叶窗，回到书籍边的男人，来到坐在花束边的大红软椅上沉思的女人身边。

马科斯在三个村子里作了停留，给他们协会的成员送去秘密文件。每次他都把我留在中心广场上，然后便消失了。我利用这段时间，透透气，四下瞧瞧。

在第三个村庄，当我在乳白色石头饮水池刷洗双手的时候，爸爸溜到我身边，赞美地吹了声口哨：

"'自由、平等、博爱'。你看到了吗，儿子？"

"嗯？你说什么？"

"'自由、平等、博爱'。"

"这是首歌吗？"

"不，从今天早上以来，我到处看到这个，门面上，三角楣上，纪念碑上，雕塑上。行，这只是条标语，没错，可要求得到这个的人不可能是坏人。"

"这种事他们做太多了。那就像在集市上大声吆喝说他们卖的料子最漂亮、最便宜的商人，他们只能肯定这是假货。”

“一个共和国的宪法跟集市上的买卖怎么能相提并论，儿子，你走岔了！”

“法国人在他们征服世界、建起殖民帝国的时候就已经在吆喝这个箴言了，不是吗？”

“在阿尔及利亚、摩洛哥、塞内加尔、亚洲吗？你也许是对的。”

“那时，‘自由、平等、博爱’的意思恐怕就是‘我们有侵略你们的自由，我们是平等的，但有些人更平等，得一起去打仗充当炮灰的时候，你们才是我们的兄弟’。”

“哦，我觉得你够忧郁的。”

“谎言就在这第三个词‘博爱’上。为了统计一大家子兄弟姐妹，就得先确定谁是这里面的，谁不是这里面的。在划定一个整体的范围，确定哪些人该团结一致，不管发生什么都要互相帮助的同时，还得指定哪些人该排除在外，将不属于这里面。总之，得划出条条框框。你说‘博爱’的同时，你就在违背‘平等’，这两个词互相抵消！我们最后还得会回到边界问题上来。没有哪个人类社会没有边界走向的。”

爸爸叹口气，愤愤地做出结论：

“人真的不应该定居下来的，真该仍然过着游牧生活，这样就不会有边界了。”

“不，爸爸，在游牧民族之间和在定居民族之间一样，有许多战争。”

“那战争又是从哪儿来的呢？”

“战争的起源在于‘我们’，一个共同体对另一个共同体而言的这个‘我们’，它表示一种身份，并且说明攻击其他身份的合理性。”

“你呢，你就从来不说‘我们’吗？”

“说啊，可我不愿把随便什么人都算在‘我们’里面。你，爸爸，当你大声疾呼‘我们’的时候，你想到伊拉克人民；而我在悄声细语‘我们’的时候，我想到我的家。对我的家，我觉得亏欠很多，不是对伊拉克。我承认我的债务，可我尽量做到不要搞错了债务人。我的国家，它给了我什么？一个悲惨的过去，一个混乱的现在和一个可疑的未来。拜托。我明白了，我对它毫无指望，我也什么都不欠它的。相反，我亏欠我的亲人。”

“因此，你不再是伊拉克人了？”

“我力求不再是伊拉克人。”

“关于你的根，你的观念够狭隘的了！”

“你的观念那么博大，以至于送了你的命。”

“简言之，你向往成为无国籍人？”

“不，我不想成为无国籍人，我向往的是全世界都成为无国籍人。我向往的是我说出的这个‘我们’有朝一日会是寻求和平的聪明人的共同体。”

“一个世界政府？”

“嘘，马科斯来了！”

马科斯回来后把车子驰进一片森林。

在林子里，我同本能的恐惧作斗争。一片漆黑使树木变得令人忐忑，它们那么高大，让我感到自己小得像童话故事里的孩子。鬼鬼祟祟的车灯照亮排水沟、灌木丛，一些动物目光惊慌，从那里蹦出来。我听到外面猫头鹰嘘嘘的叫声，划破夜空的怨诉。

他停下车子，轮胎在砾石路上嘎吱嘎吱作响。

他按了按喇叭。

几秒钟后，我们面前出现了一栋房子。房主人刚点亮屋外的灯笼，在门前清晰地显现他的身影。

“你好啊，舍尔歇，我是马科斯啊！”我的同伴大声说。

主人张开双臂，两个朋友抱在一起。

马科斯把我介绍给舍尔歇医生。

“这是萨德·萨德，他来自伊拉克，我把他托付给你了。”

“你好，萨德·萨德，当然，能允许我就叫你萨德吧？”

两个人哈哈大笑。我没笑。我冷。

马科斯同情地望了望我。

“萨德一路上眼睛用多了，他得把它们闭上。他困极了。”

他说得对，我早已精疲力竭。马科斯把我带进我的卧室，这时，舍尔歇往一个餐盘上放上给我吃的东西。

“别犹豫，就在床上用你的晚餐。”他边给我端来边说道。丰盛的一餐。

他们把我一个人留在楼层里，然后去厨房干杯。尽管他们的声音一直传到我这儿，但是他们说得那么快，我一点儿都没听懂；再者，我刚把餐碟上最后一点儿东西吃干净，把手指头放进嘴巴吮了吮，就睡着了。

直到第二天，我才算认识舍尔歇医生。马科斯一大早就上路走了，没有唤醒我。

我请求医生原谅我前一天晚上的失态。他耸耸肩，探问道：

“不喝咖啡，喝茶吧？”

“是的，谢谢。”

我庆幸主人不强迫我这个东方人喝下他们欧洲人酷爱的苦涩液体。我在意大利时曾被迫喝过咖啡，却总也无法接受这种饮料，只是出于礼貌没让自己把它吐出来。

“我想，您要加很多糖吧？”

“我惊讶地发现欧洲人在饮料里就加那么一点点糖呢。”

“幸好如此！他们从烈酒和葡萄酒里已经吸取了相当多

的糖分。说正题，您还好吗？”这个问题是作为医生提出来的。

“我从没向自己提过这个问题。”

他微微一笑，想了想。

“出去走走，行不行。”

舍尔歇借给我一件大衣、一条围巾、一双靴子，我们跨出大门。

周围的景物丝毫不同于我昨晚所见，或者该说没见。房屋四周，把它孤立起来的矮墙外，展现一望无边的墓地。

我们走上最近的那块布满白色十字架的林中空地。它们整体看上去显得俏皮、对称、整齐，散发出十分和谐的气息。是的，在这里，比那神圣的惯用语表达的内容更丰富，死者安息，我由此而生的感觉十分明确。次序和规则肯定了死亡中的平等。在这军人公墓里，没有哪个更高贵，没有谁高出一头，没有强者，没有富者，没有级别高低。

“在这个地区，”舍尔歇向我讲解道，“第一次世界大战，一九一四至一九一八年间曾丢下二千六百万颗炸弹。相当于每平方米六颗。这场铁与火的暴雨导致七十万人死亡。我还没把被摧毁而再没有重建的村庄计算在内，地里还残留有没爆炸的弹药。埋葬在这里的大多数是年轻人，生龙活虎，精力充沛，让我总禁不住要想，今天，正是因为这个缘故，青草才那么碧绿碧绿的，仿佛植物从埋在地下的这些强壮的身体汲取了生命力。”

我凝视这支十字架的军旅，排列得那么整齐、直立、干净、正规着装，想到士兵们即便阵亡了还永远保持着立正姿势。

舍尔歇用深沉的声音接着说道：

“我住在一个只有一个人的村子，这个人便是我，可我在这儿并不觉得孤单，因为他们全都在那儿，在我周围，是一些曾经机灵、喧闹、强壮、勇敢的人。萨德，好好感受一下这片寂静，你将会从中汲取新的力量。”

“为什么马科斯把您说成‘亡灵村村长’？”

“我就是亡灵村村长啊。在这儿，这个默兹的夏尼区，战前住着约三千人，大多数是农民，他们分别住在九个村子里。战争一开始，他们便被迫逃难去了，始终没有回来。一九一九年起，一道法令给予这九个为法兰西死亡的村子每个村子一个行政委员会和一名主席，其权力纳入一名镇长的权力范围。接下去便建起了一个小教堂，一个阵亡将士纪念碑，碑上刻着所有为祖国倒下的儿女们的名字。我便献身于这些逝者。”

“他们满意吗？”

“他们没有抱怨。”

“他们怎么选上您的？”

“我在一次幽灵的选举中当选上了。因为，我的村子里没有活着的选民。在我那个村，我掌握的花名册上，一百年来没登记过一个新生儿。”

“死者是怎么进行投票的？”

“在区市投票的时候，默兹省省长对我作出了任命。”

舍尔歇医生凝望着矗立在成千上万坟茔上的几公顷十字架，迷茫地眯缝双眼。

“我维护他们的青春。我要让他们永远是年轻的亡灵。您不妨设想，他们的墓地因为年代久远而沉陷，甚至倒塌，他们将因此受到屈辱，人家会把他们忘了，我的疏忽就会使他们白白地作出了牺牲。其余时间我便去附近的那家医院照料活人。”

突然，他细细端详我的脸，满怀同情地说：

“这么说，我年轻的朋友，我得送你去北方，好赶上一条去英国的船啰？”

“我将为此对您感激不尽，先生。”

“我来安排，很快就把您送过去。”

“您很乐观吗？”

“对您，是的。对世界的未来，不是。人类的问题是不能相互理解，只会以联盟对付联盟。总是只有敌人才能使他们团结起来。表面上，我们能相信有些东西能把群体成员联结起来，那便是共同的语言、共同的文化、共同的历史，共有的社会准则；实际上，没有一种有效的黏合剂有足够的力量把人们粘连在一起；能使他们互相靠拢的必需条件，便是一个共同的敌人。您瞧这儿，我们周围。十九世纪的时候，人们发明了民族，外族变成了敌人，结果是民族战争。经过了好几场战争，死了几百万人。到二十世纪，人们决定结束民族，结果创建了欧洲。可是，为了使国家联盟存在下去，为了让大家都知道它的存在，有些国家便无权进入。是啊，手段便如此愚蠢：总得有些人被排斥在外。”

他小心地拔起一棵蒲公英，把它放在鼻子底下闻了闻。

“几千年来，地球上生存的全都是迁移者，而明天迁移者还会更多，政治移民、经济移民、气候移民。然而，人是自以为是花儿的蝴蝶，他们一旦在某个地方定居下来，便忘了自己并没有根，他们把自己的翅膀当成了花瓣，他们为自己另外杜撰一个系谱，不再是毛虫到飞虫的那个系谱。”

他轻轻地吹起，让蒲公英的花絮随风飘落。

“舍尔歇博士，您为什么要帮助我？”

“人道主义与这个世界相称也罢，不相称也罢。一个真正的人道主义者不承认国界。”

说着，他蹬了蹬鞋跟，把一串钥匙丢给我，告诉我他要到医院上班去了。

我目送着他的汽车驰去，直至变成一点点大，消失在山顶上。

“你瞧见了，萨德，我的肉中肉，血中血，这就是法国人：他们总以为自己说话很理性，实际上，他们却是性情中人。别的不说，能像这样照料死者的人绝不会对活人冷漠无情的，是不是？儿子啊，一个居然为管理亡灵而任命村长的国家肯定是个美好的国家。你难道不想留在法国？我很是赞赏达到这个程度的文明，远离野蛮。我呀，我很是习惯于这里的氛围，你不是吗？”

“英国，爸爸，英国。”

“为什么？”

“那里工作机会比较多。”

“工作，你不需要找到几个，有一个不就够了。”

“这问题就不要说了。英国是我的梦，我不知道为什么。也许是阿加莎·克里斯蒂的错吧。”

“我真该把西默农[1]的推理小说存放在地窖里，你就会在这儿停下来了。那么，我们继续，你肯定吗？”

“肯定。”

“行。总而言之，这个人也许只是个例外……”

1　乔治·西默农（1903–1989），比利时法语作家，以写推理小说著称，已出版的长篇就多达五百多部，他塑造了麦格雷警长这样一个家喻户晓的角色。

与蕾拉重逢

我又一次站在大海的面前，这个北海；又一次，一个液体的平原横亘在我和我的目的地之间；我又一次在想，这平坦的水面，一旦涌起高大的城墙，就能为想要自我封闭的土地提供最有效的保护。

“你是对的，儿子。至少是一堵供攀登的墙。然而，这个……”

北海给予我的印象很温柔，没有生气，安静，颜色浑浊，不像地中海那么鲜艳。在我小学时代的记忆里，地图上，它所占空间显得狭长，一道蓝线分开法国和英国。而如果……

“别想这样干，儿子！”

“可是……”

“游过去，你疯了！我提醒你，这奇怪的一衣带水，英吉利海峡，尽管表面温顺，每年，都要在它的深处，吞噬和消化好些像你这样低估了距离和危险的愣头青。再说，如果用自由泳或蛙泳就能游去英国，那么，这几十年，这个国家恐怕会包揽游泳世界冠军了，事实却远非如此。英国人不喜欢喝水，同样也不喜欢在水里蹬腿。英国是个受几公里咸水保护的一个酒鬼岛。总之，别胡来啊。”

我从来没离目的地这么近过，也从来没这么泄气过。早些日子，舍尔歇医生把我送到这儿，我游弋在海滩、码头和潮湿的塑料帐篷之间。码头边停靠着比大楼还高的货轮，帐篷里，救护队员们给像我这样穷困潦倒的人分发一碗热汤和提供医疗救助。我见到数之不清的向往漂洋过海的人，阿富汗人、巴基斯坦人、库尔德人、非洲人，他们的共同特点是疲惫不堪、目光迷茫、瘦骨嶙峋的受伤的身上结着痂盖。遇上他们迫使我以另一种目光来打量我自己。我看到真实的自己，发育不良、精疲力竭、令人嫌恶。

舍尔歇医生的接替者包丽娜很快便向我说清楚了我可能会遇上什么：警察的殴打或把我们送到五十公里外，把我们光着脚丫抛弃在野地里；临时营地的大搜捕；突然闯进庇护我们这种人的私人住宅；对试图按规矩办理合法手续的人下达十天内离境的驱逐令。我必须赶快想办法动身。否则，他们会把我送进在里昂或奥尔良的拘留中心，即往南几百公里处，那样，我就得从头再来了。

我蹲下，捡起一块卵石，紧紧握着，用手掌摩擦这块圆形的光滑的石头，把它千年的睿智紧压在我伤痛的皮肤上，不知道什么原因，给了我一种柔柔的舒适感。

我站起身极目远眺，海滩尽收眼底，我以为我疯了。

“爸爸，你和我一样看见了吧？”

“是的，儿子啊！”

“同样的事物？”

“是的！”

“同一个人？”

“是的！我也看到她了。倘若你精神出现错乱，孩子，那就说明我们俩都神经错乱了。”

蕾拉走在海滩上，入口那条道附近。一条黄色的紧身长裙凸显出她的身材，她翩翩前行在黄绿色、金色闪光片装饰的轻纱的旋风里，使她看起来仿佛风中的船首人像。

此时此刻，我以为我走到了旅程的终端。我不会再往前走了。这不，我已经死了。我恐怕在想到障碍时感到了不适。心跳停止了。大脑里有凝块。一个对医生来说也许是常见的、普通的玩意儿，可它刚才第一次，也是最后一次击毙了我。

“儿子啊，我猜到了你心里在想什么，然而，你搞错了。你没有死。掐一下你自己，我求你了。”

我使劲掐了自己一下。虽然皮肤疼得烧灼，我还在怀疑。

“我们在梦里能掐自己不？那么，为什么死了就不能呢？”

“儿子，你没有死！”

于是，我又假设自己来到了现实的边缘，来到可见世界和不可见世界之间的边界。在这片北方的海滩上，我刚迈过分隔活人和亡灵的门槛。

“是这样吗？爸爸，我是不是正在走进你的世界？”

“死者的王国吗？”

“是的，我恐怕找到了通往你们那儿的秘道了？”

“不。”

“我怎么会看到她的？”

“你看到她和看到我的感觉是一样的吗？”

“不。你不是那么清晰。有点飘忽、模糊。她看上去很实在。”

“儿子啊，那就做个合理的推测吧，如果你看到她就像看到这块卵石一样，有同一的厚度，那便说明她行走在和你同一个世界里。萨德，如果说你看到了她，那是因为她还活着。我的肉中肉，血中血，在她蒸发之前，赶快行动。快点儿！冲啊！”

我朝蕾拉飞奔而去。我随时都在等待着她的身影出现变化，心里认定我是被惊人的相似骗了；我向她奔去的这个不认识的女人马上就会变得不像蕾拉，化作陌生人，马上会有什么细小的地方告诉我，是我搞错了。当我来到离她几米远的地方时，那个女人十分惊讶，朝我回过身来，我们面面相觑。至此，我看到的仍然是蕾拉。我朝前走去。就在我上前的那几秒钟里，我还在猜想，她的面容、眼睛、嘴巴马上要化成另一个女人的模样了。最后，当我在离她几厘米的地方站住时，我还是没有收到否定的信息。

我真难以相信：我面对的是酷似蕾拉的替身，一个闪电式相似的替身，她耸起双眉，惊恐地凝视着我。

陌生女人怕了这个突然冲向她的男子。

然后，陌生女人舒了口气，惊讶、迟疑地低声说：

"萨德?"

这时，我才肯定这个陌生女人真的就是蕾拉。

我们的手臂缠在一起，我们的嘴巴搜寻着对方的嘴唇，我们接吻，热泪滂沱，我们紧紧拥抱，都喘不过气来了。

几小时后，重逢的惊愕过去了，蕾拉告诉了我她的遭遇。

和她的父母一样，她逃过了那次爆炸，大家还以为她死在里面了呢。实际上，出事的时候，她正随父母去看望一位姨妈。她父亲决定传出风声说他们都死了，趁机跑出国去，尤其是因为当时他们三个都为她四个哥哥的死悲痛不已。想到我，想到我们俩和我们的未来，蕾拉不赞成，不愿出国。然而，在混乱和痛苦中，她父亲没容她分辩。就在那天晚上，他们坐出租车动身去了叙利亚。几天后，他们抵达贝鲁特，走了许多门路。

那时，蕾拉曾找过她在巴格达的表弟阿明，让阿明告诉我她还活着。

“他没遇上你吗？我一直没接到消息。”

我想起那天晚上，我像鲨鱼闻到血腥味似的，激动地接受完伊斯兰激进组织的培训后回家……我突然明白了当时的情景，窘迫地用三言两语向蕾拉说明，阿明曾努力试图完成他的任务，可能是我那番言辞让他害怕了，使他觉得还是什么都不告诉我为好：第一，因为我不配知道；第二，为了不让他表姐陷入险境。

就在她父母希望取得去加拿大的签证时，山道上一场愚蠢的车祸夺走了他们的生命。蕾拉在黎巴嫩重又变成孤身一人。当时，黎巴嫩各集团之间的关系重又绷得紧紧的，蕾拉放弃回伊拉克，在那里她已被正式宣布死亡，便决定去欧洲碰碰运气。

她开始了她的旅程，心里总怀疑我是不是已经死了。最初的那段行程对她来说还比较省事。她有家里的积蓄，办了旅游签证到达巴黎，在一家小旅馆住下了，作为多语种秘书出去打工，并且办成了合法手续。

然而，钱花得很快，她的工作局限于报酬极低的短期补助，她发现，自己在能拥有的时限里不可能成功。她久久地抱着美好的希望，希望能取得身份证件。然而，法国大选，右派政客煽动性地指称外来移民、无身份证件者、偷渡客是法国的祸根。从那时起，她的生活开始迅速滑坡，蕾拉从打黑工到接受低薪工作，然后沦落到行乞，从住女仆房到住废弃房，从吃三明治到喝大众汤。

“真让人受不了啊，萨德。我无时无刻不感到害怕。遵守最基本的审慎的规矩，它们压得我喘不过气来，却还是不放心：为了有个拿得出的样子，不能太暴露，也不能带上面纱，免得引来可疑的目光；我一直使用地铁和公交车月票，因为逃票一次就会招致警察的检查，还要避开R.E.R.[1]和中央菜市场这样的大交汇站，这便迫使我去难得找到的老板那里的时候，得绕难以置信的圈子，远了很多很多。我到哪儿都不得太平。坐在什么地方安全？睡在哪儿不怕？即使我什么罪都没犯，我都在窥伺警察的动静。我还在打工，萨德，我打工是为了活下去，我打工是为了不引起注意，尤其是，我打工就不生病。”

最后，她越来越多疑，总感到自己被追捕，便决定来了这里，北方，以便逃往英国。

1　巴黎地区高速铁路网。

“我已经不知道走哪条路好了，逃离或合法化，我全都用上了，因为人家到处驱赶我。在这儿，我也一样感到不舒服，始终警惕着周围的一切，随时提防，喏，这便是唯一我所在的地方：提防。”

“跟我去英国吧，蕾拉。”

“不管你去哪儿，我再也不离开你了。”

她带我去她居住的废弃房。路上，我也向她讲述了我的旅程，矢口不提西西里的那段经历，因为那里有维多利亚，我觉得没必要引起蕾拉对以往经历的醋意。

那栋废弃房在城市和乡村之外，泥泞的野地偏僻处，那里有几栋以前的办公楼和工人宿舍，企业破产后移作他用。偷渡者们聚居在那儿，只求远离尘嚣，能得到相对的安定。

在蕾拉那栋楼里，每个房间住着一个非洲人家庭，有五至七名成员。蕾拉得以被照顾，独自有一间很小的小房间，为此，她负责打扫全楼层的卫生，这活儿不好做，因为这一片已经没有通往下水道的连接设施，她得把一桶桶臭水提到草地的尽头。走廊里敲敲打打搭起个临时厨房，厨房里有两个炉子，三个大塑料盆，因为，在这栋办公楼里本来是没有厨房的。也没有淋浴间。唯一能用来洗澡、洗餐具、洗衣服的是一根浇灌引水管，接在公路边的水表上，引水管接到阴暗的楼梯间下让各人使用。有时，来个有办法的非洲人稍稍懂行，大家就能从线路上偷点儿电享用一下。

这个场所嘈杂不堪，充斥着各种声音和各种语言，洋溢着异国气息。每个人的作息时间不同，睡觉的时间，谈话的时间，性活动的时间。如果有谁抱怨，标准的回答是："让想在家里那样生活的人回家去吧！"

"巴别塔！一直还是在巴别塔……"蕾拉嫣然一笑，在我耳边低声说道。

尽管是在这样的环境里，我们还是过了一个极其美妙的夜晚，我和蕾拉，在她的小房间里，纸板床上，我们就像新婚夫妻，一起经历了我们的第一次。我们的身体把我们失去了的还给了我们，我们的青春、柔情、欢乐、未来。我们从未有过地幸福得就像在繁星下，其实狭小的气窗甚至都没让人看到天空。

早晨，蕾拉幸福得在我怀里哆嗦。

我则觉得自己是故事里终于把握主动权的英雄。

此后的那几天给予我们的是极度的宁谧。即使我们有一百个理由悲哀——不停地下雨，警察在港口附近加紧呼喊，我们没钱没吃的了，洋溢着臭气、堆满了赃物的屋子里到处爬满蟑螂，我和蕾拉却在平静的大海上享受着完美的爱情。

早上，她去一个绣坊工作，赚几个钱和她夜工的面包，我就去打打零工，并且询问坐船去英国的途径。

我取得了舍尔歇的联系人包丽娜的信任，这是个红棕色头发的女人，乳白色的皮肤，脾气比风中的树叶还要急躁多变，她住在一栋充斥着热了又热的咖啡香味的预制件大楼里，帮助没身份证件的人填写正式表格。她还以自己拿到了护士文凭为理由，在她菲薄的能力范围内，照料我们中犯了病痛的人

包丽娜挺赞赏我，因为，我不需要她解决特殊的问题：当她必须脱去在脚上穿了几个星期的鞋子的时候，当她得清洗伤口周围的皮肤的时候，当羞怯的穆斯林不愿意在女人面前脱去衣服的时候，我帮她完成了这些吃力不讨好的工作，为她减轻了负担。

作为回报，包丽娜给了我一些维持生计、躲避警察和为可能的出发作准备的忠告。牧师的女儿，她不再相信上帝，却始终相信好客。不公正使她愤怒。

“尤其是对你们的不公正，萨德，你们，偷渡客们遭受到的不公正，因为，谁都对你们的不幸视而不见。贫困，这是一栋数层楼的房子。上面，高贵的那层，住着失业者，他们是偶然的穷人，因为环境导致失去工作的劳动者。不要搞错，大家喜欢他们，同情他们，因为，他们的贫困只是暂时的，对我们没多大妨碍。下面那层，住着有功绩的可怜人，他们工作，可是工资低得不足以糊口。这

些人，我们能够善意地容忍，我们会好意相劝，绝不能接受报酬如此低廉的职位，或者干脆不说，因为，他们要不是村子里的傻瓜，便是社会上的白痴，他们给了我们经久不衰的欢乐，让我们觉得自己比他们聪明。再下面，住着失去社会地位的人们，不善于适应社会的穷人，流浪汉、乞丐，他们表现出不适于工作或融入社会。他们并不让我们感到害怕，因为他们虽然由自己造成不容于制度，却在巩固这个制度。在这栋房子的其他地方，令人害怕，令人担忧的是非正常的穷人，无身份证明者、你这样的偷渡客，占着地窖、楼梯、院子，这些经济移民逃离一个显然没有工作可干的国家。首先，谁能给我们证明这一点，嗯？留下来的人怎么处理？他们来这儿会不会是为了偷盗？坏分子！至少是寄生虫！从艰难险阻、非法、不稳定、恶劣气候、危险、不懂语言中存活下来的坏人！可疑的幸免于难的人……因为，我的同时代人愿意多考虑那些贫困的傻瓜蛋，而不是机灵的人，他们喜欢白痴胜于勇敢者。像你这样的人，他们不知道怎么办，于是转而顾他，希望忘掉你们的存在，他们不想为你们寻求解决的办法。既然你们自己能够摆脱困境，干吗要帮你们？即使你们在这里的生活很艰难，总比在那边好，是不是？要不然，你们会走的，是不是？行，你们又不说，他们听不到你们的话，他们没看到你们，便忘了你们的存在……让你们活着吧，只是要像死人一样审慎。这呀，我亲爱的萨德，便是他们给予你们的最大的侮辱：无动于衷。他们表现出来的态度就像是你们不在那儿，仿佛天冷了，你们不冷，仿佛打伤了你们，你们都不会流血。当人们在他人身上再也认不出自己，当人们指定某些人是人下人，当人们把人分出等级，并且，把那些人排斥在人类之外的时候，萨德，野蛮便开始了。我吗，我始终选择文明，反对野蛮。只要存在着'有权于此的人'和'无权于此的人'的时候，就存在着不文明。我知道我为您所作出的行动会让我坐五年牢。算了吧！好极了！让那些野蛮人把我关起来好了！他们封不住我的嘴巴！文明只要它在指出'他人'，指出'情况不那么好''向往进步的人'的时候，便显示出了自己的存在。没有哪种称得上这个名字的文明非要人有出生证明的。"

在她发表长篇大论的同时，实实在在的包丽娜刺穿了一个化脓的脓肿，给区长挂了个电话，对他大喊大叫了一通关于流离失所者们的问题。终于有一天，她向我挤眉弄眼，俯下身来，让我检查一下会不会有人来，有没有人听到我们说话，然后，往我手里塞了个信封。

"萨德，这是两张今晚看舞蹈表演的门票。"

"谢谢。"

"你看过舞蹈表演吗？"

"我在我们国家婚礼上跳过舞。我还在开罗跳过很多舞。”

“不是这个，我对你说的是由当代最伟大的编舞者之一排演的现代舞蹈芭蕾。”

“我没见识过。”

“今晚你就去看看吧。节目演完之后，你去后台找乔治，一个巴西人，他也是移民。他是我们组织的人。他会告诉你，几天后，他们的演出一结束，他就会把你们，你和蕾拉，送去英国。”

“真的？”

“真的！不过，我还是很想把你留在我身边，你在这儿对我有用。”

我从来没这么快跑完到废弃屋之间的那几公里。我一五一十告诉蕾拉，我们一起又哭又笑。

夜晚，我们去了演这场舞蹈的宽敞的现代剧院。很少有过那么美的东西却让我们感到那么不幸的。我和蕾拉看到那些人光彩夺目、自由自在、灵巧敏捷、风度翩翩，除了人世间的吸引力再也没有任何羁绊阻碍的身体优美的舞姿，我们感到一种冲击。我们明白，我们已经不再是这样的了，我们永远都不会是这样的了，我们早已精力衰竭、苍老、疲惫，我们已经忘了人可以为生活、移动和呼吸的简单幸福而生活、移动和呼吸，只有在爱的时候，通过几个动作，我们才找回短暂的记忆。我们张口结舌，热泪盈眶，既感到失望，又感到安慰。

乔治在后台接待了我们。他是舞蹈演员，身材像农牧神，一头参差不齐的头发，令人费解地夹杂着棕色和金黄色。他冲了澡，然后给我们细细讲解下面几天该怎么操作。

返回废弃屋，步行了好几个钟头后，疲劳和赞赏使我们动弹不得，我们躺着，四肢纠缠在一起，没能入眠，就对着天花板傻笑，一直到天色放光。

早晨，我有点儿迷迷糊糊了，蕾拉突然把我叫醒。

“萨德，快跑。求求你。我们快跑到田野那头去。我听到有汽车声。”

“哦，你没搞错？等我去窗口。”

她收拾起她的东西。几秒钟里我便明白了她没错，远处出现了警车的影子。

“走。”

我毫不迟疑，抓起我的包，我们走过走廊，静悄悄冲下楼梯。

“报个信？”我问道。

“是的。你先走。我来报信。”

我冲出屋外，大楼挡住了警车的视线，我飞跑着穿过田野。

蕾拉肯定大喊大叫着通知每个人，因为大楼里一片混乱。警察已经扑进靠近公路的那儿栋楼了。我没有转身，拼命地继续奔跑，以求隐藏在林子里。

“但愿她快过来。”我气喘吁吁地对自己说道。

然而，希望归希望，我心里已经有点儿明白发生了什么。蕾拉发出警报时，她的呼声加快了警察的介入，影响了她的逃脱。可我还在想说服自己错了，我趴在沟里，心跳得厉害，我还在等。

呼喊声。尖叫声。那些非洲女人在奋勇抵抗。当即，响起几下爆炸声。警察大概投出了催泪弹。或是放火烧房间。

车门碰上的声音。警笛。发动汽车。马达轰鸣，然后消失在远方。

蕾拉始终没来。

我明白了。

然而，我还是在我的野草和泥巴坑里苦苦等待，一直等到中午。然后，我返回废弃屋，不出我所料，它燃烧后还在冒烟。

四周一个人都没有。

夜晚，我回到包丽娜身边，不是那栋预制件大楼，而是她的私人住宅。她在窗口一看到我，便提醒我走后门，花园门，悄悄进来。她仿佛累极了，忧心忡忡。

“萨德，你逃脱了。”

“恐怕只有我一个人跑出来了。”

“我知道蕾拉被抓走了。”

晚上，她打了许多电话。然后，头发散乱，目光倦怠，前来告诉我真相。

“蕾拉，由于她曾试图使她的行政身份合法化，受到的待遇会比别人更差些，别的人即将被送往拘留中心。”

“什么？他们会对她做什么？”

“他们对妇女采取行动的速度快得多，因为怕她们建立家庭。”

“他们会对她做什么？”

“勇敢些，萨德。”

“什么？”

“他们将在三天内送她回伊拉克。”

我倒在厨房的瓷砖地上。饥饿、干渴、激动？无所谓了，我已经没力气再听下去了。

包丽娜让我住在她家里，藏在阁楼上，直至和乔治约定的日子。她固执、不容分说，不给我丝毫操作的余地。她非要我按原来为两个人制定的计划继续进行下去。

“不管怎样，”包丽娜明确地说道，“从现在起，机会只能提供给一个人了。这儿已经变得太危险了。政府和行政部门想要给人强有力的印象，成倍成倍地增加了检查的次数。”

动身那天晚上，就像是为了洗去我的悲伤和失望，我觉得需要作长时间的梳洗，我要求她允许我在她的浴室里多待上一会儿。我知道，我即将有好几个小时不能吃，不能喝，不能方便。我祈祷，淋浴后，爸爸会趁机前来马赛克方砖地的浴室里看我。

“我的肉中肉，血中血，我来了。我相信，你马上就要幸运地到达你的尤利西斯的终点了，可现在……啊，为什么在现实生活中发生的总不如书里写的那么完美啊？在荷马笔下，尤利西斯最后把佩内洛普[1]抱在了怀里，而且……”

“爸爸，别拿荷马来烦我了。放过我吧。”

“儿子啊，随你怎么跟我说都行，我只配如此对待，可跟伟大的天才，说话还是该尊重些，拜托。”

“在我看来，仿佛只有一样东西是确实的，那就是你的荷马是个瞎子！”

“是啊，怎么啦？”

“他即席创作出一些有某种意义的故事，由于他眼睛瞎了，他看不见现实世界，他了解到的是别人跟他说的。”

“就这一次，我吃不准自己是不是跟上了你的思路，小伙子。”

“你知道，爸爸，当你对我提起那些你喜欢的书，那些结局圆满或公正的小说时，我的结论是，那些作家都是江湖骗子。他们试图把这个世界卖给我们，因为现实世界

1　尤利西斯的妻子。

是没条理的、不公正的、不道德的。骗局啊！我们真该把它们列为孩子们的禁书，禁止阅读，他们一上来就让我们相信了生活会是美好的，从而使生活变得更加的毫无意义。由于他们，每当我们踏错一级阶梯，或者陷入污泥潭里的时候，我们就觉得自己有罪。我们便自责错过了本该成功的机会。这很严重！”

“你什么都不懂，萨德。这些作家并不如实描写世界，而是在描写人类能够营造的世界。”

“你的尤利西斯重又得到了佩内洛普和你的佩内洛普仍然爱着尤利西斯，这是虚构。”

“是吗？你的蕾拉还活着，这是虚构吗？”

“不。可是我们被分开了。”

“美丽的故事都有离别。”

“我只想过我的生活，不想写故事。”

“希望生活能丰富你的故事吧。”

“爸爸，别再一套一套的了！不要再讲哲学了！”

“就算我们并不总是需要父亲，但是我们却永远需要哲学。”

“行了，我懂了你所谓的哲学，那就是把令人憎恶的东西变得能够忍受的方法。”

“你知道有更好的办法吗？”

包丽娜前来提醒我该去港口了，打断了我们的争论。

她开车送我去那儿，然后，把我带到乔治在等我的咖啡馆。

就在分手的时候，包丽娜拥抱了我，并且把一张纸条塞进我手指间。

“给，萨德，带上这个地址。这是蕾拉刚从巴格达给我发过来的，她在那里找到了一台电脑。在这封短信里，她给了你一个关系，是她原来希望在伦敦见面的一个表兄。她要求你继续旅程，她还说她会和你会合的。你愿意的话，可以通过我们协会和她保持联系。”

希　望

就这样，大功告成。我落脚在英国伦敦苏活区[1]，一个有三张床的房间里，六个人在三张床上轮流换班睡觉。我有了遮风避雨的屋顶。它甚至就在离我的脸二十厘米的地方，就在脱落的墙纸后面，这个屋顶下的小阁楼迫使我躺到床上去的时候要十分注意自己的动作，必须弯着腰过日子，只有到房间中央的时候才能试着站立起来。

喝着干菊花味儿的冷茶，我观望老虎窗外露出的一点儿曙光。太阳和我一样，也不想起来，它极度疲倦，腰酸背痛，关节有病，阴沉着脸。它在考虑，还有没有必要照亮这些潮湿的、黑乎乎的、涂了一层油污的屋顶。它知道，它用强烈的光线照亮苏活区的同时，便夺走了肉红色的霓

1　伦敦市中心的地区名，以风景秀丽和国际性著称，许多时尚酒吧和小店、高档酒店云集于此。

虹、娇艳的招牌、色情用品专卖店紫色的门帘赋予苏活区夜晚的魅力。它将揭示出污垢、烟臭、证明墙壁老化的裂隙，它将唤醒垃圾桶的气息，使酒吧前的呕吐物散发强烈的臭气，复苏沥青路呛人的香味，小酒店老板一打开翻板活门，准备出售他们的数百升啤酒，一条条马路上便充斥着地窖里释放出来的恶臭。

我翻身下床，悄无声息地，免得打扰那两个阿富汗人，尽可能在说不清楚是什么东西留下的污渍斑斑的长绒地毯上不要停留太久，套上衣服，跨出门去，抓着摇摇晃晃的扶手，踩着哼哼唧唧的楼梯下楼。要走出门去，还得按下一个像电椅般怪叫的电钮，然后用肩头撞好几下门才能把门打开。

出门后，我走上一条狭窄的马路，窄得让肩膀宽阔的大力士难以正面通过。我挤入的这个伦敦使我困惑，阿加莎·克里斯蒂没给我描述过这种地方。狄更斯也许有这种描述，可我没读过狄更斯的作品，因为，萨达姆·侯赛因没把它们列入禁书。

我来到一块界石前，这是我醒来后喜欢坐的地方，一面啃着一根米条，我的主餐。在我周围，各种年龄、各个种族的妓女，脂粉凌乱地离开她们的工作场所，钻进地铁，流浪汉们开始他们瞌睡懵懂的一天，年轻的一丝不苟的日本人，穿着熨得笔挺的西裤，手里拿着旅游指南，突然冒了出来，游历英国首都。

这时候，餐馆都还没开门，就像梳洗中的女人被突然撞上了，它们在惨兮兮的橱窗里陈列着地球上的人们发明的各种杂烩：烹调残羹剩饭的艺术，废料的厨艺，希腊人重新搭配的肉食，印度人的咖喱，土耳其人的混合餐碟。张贴在门面上的彩色照片已是那么陈旧，上面的绿色压倒了其他各种颜色，就像在冰箱里搁置太久的菜肴长了霉。只有中国人还有点儿热情地介绍他们的菜肴，然而什么都像是假的，从柜台上方洗净脱水的胭脂红色的乳猪，直至店门口树脂做的餐碟的复制品，上釉的面条，上釉的花椰菜，上釉的春卷，上釉的鸭子，上釉的煎饼和香蕉。

“怎么样，儿子，这就是天堂吗？”

爸爸迎面坐在饮水池上。我朝他微微一笑。

“你对此作何想法？”

“我吗？你想知道你父亲的看法？真的？”

“是的。”

“我仿佛觉得你没有出国，儿子，不管怎么说，你没有离开巴别塔。这里就是巴别塔，语言的巴别塔，厨艺的巴别塔，性的巴别塔，甚至，为了继续待在我们那里，我们竟能援引索多玛和蛾摩拉[1]。你注意到没有，在这个区里，

---

1 《圣经》中提及的两座同性恋、乱伦、罪孽深重的城市，遭到神的惩罚被毁灭。

能看到各种各样的风俗习惯，甚至是腐化堕落的，扭动双肩的是同性恋，正常男子却擦着墙壁走路？”

“你想说明什么问题？”

“在那里给你帮忙的那个蕾拉的表哥，色情用品专卖店的保安，他给你介绍的尽是些外国人！”

“我显然不是特殊情况。英国有许多外来移民啊。”

“就是，你没有归附英国民众，而是归附了在英国的外来移民。”

一名警察在我们附近转悠，态度冷漠，脸上长着点点雀斑，走路摇摇摆摆，那样子就是表示他但愿相安无事，炫耀着作为他那夸张形象的补充似的奇特的盔形帽和悬在撅起的屁股上的左轮手枪。

爸爸向他投去怀疑的一瞥，在他看来，一名真正的警察应该显得可怕得多。

“你打算怎么办，萨德？”

“首先要活下来。其次要有所建树。蕾拉的表哥答应在火车站附近给我找一份黑工。花上二百欧元，他就能给我搞一个假的居留证，这以后我就能找到正式工作了。等我把情况摸清楚后，我将读完我的法学课程，并且和蕾拉结婚。”

爸爸耸耸肩，为这个使命之宏大而泄气。我觉得需要安慰他，得到他的理解。

“你的思维方式老化了，爸爸。你还像荷马那样考虑问题。三千年前，有个叫尤利西斯的人在让他远离家乡的大战之后渴望回家。而我，我向往的是离开我遭到战争蹂躏的国家。尽管我也旅行，我在旅途上也遇到了千难万险，我的情况却和尤利西斯相反。他回家，我离家。我是要往前走，他是要往回走。他返回他深爱的地方，我离开我痛恨的混乱。他知道他的位置在哪儿，我却需要寻找。对他来说，一切都由他的血统解决了，他只消倒退，然后死去，幸福、合法。我却要在别的地方，国外，我家之外建造我的家。他的奥德赛是怀旧的回路，而我的则是满怀着憧憬的起步。他和他已经熟悉的事物有约。我则要去见我并不知道的。”

“你还在做梦啊，儿子，可你的生活毕竟不是梦啊。”

我莞尔。他坚持说：

“如果说你的动力是不满足，那么，你会满足吗？你会有停下来的时候吗？”

“旅行的目的，爸爸，是放下行李，宣告：到了。那么，我这就向你宣布：我到了，就是这儿。”

我在饮水池边上坐下来，脱去网球鞋，把我的脚伸进水里凉快一下。这时，爸爸细细观察着三个男扮女装的家伙身上的奇装异服，他们极长的双腿外套着网格花边裤，裤脚一直垂落到厚厚的荧光鞋跟上。

“喏，爸爸，你看到了吗？我脚底下又长了个疣子。”

“嗨？”

“在你那高层次的语言里，‘我脚底下又长了个疣子’怎么说？”

“‘朝圣者的肉刑在他对付道路的掌面上留下了它的印记’。你肯定那是个新肉刑？”

“啊，不，好眼力！还是旧的，最老的那个，我没能摆脱掉的那个。我白白地刮了，挖了……”

“它硬是不走，因为你还没有找到它的名字。”

“我给它取名字叫‘狂怒’和‘报复’。”

“全都是错的。好好想想。好好想想。找个跟你十分贴切的，永远都不会放开你的，儿子，你心里永远都不会放弃的名字。”

我望了望最后的这个疣子，抵御住一切的这个，朝它吹了口气，终于说出了它真正的名字，那也是我的名字，确定了我一生的道路：“希望”。

附录1

萨达姆·侯赛因统治下的伊拉克

1968年7月17日："白色革命"[1]期间，阿拉伯复兴社会党发动政变，夺得政权。哈桑·贝克尔成为伊拉克共和国总统。

1971年：萨达姆·侯赛因击败他的对手后当选共和国副总统。

1979年：萨达姆·侯赛因接替"因健康原因"宣布放弃权力的哈桑·贝克尔，42岁成为伊拉克共和国总统。

1980年9月22日：萨达姆·侯赛因发兵毛拉[2]统治的伊

1 由伊朗末代国王礼萨·巴列维在1963年发起的改革。

2 伊斯兰教职称谓。

朗。这场伤亡巨大的战争一直持续到1988年，以伊朗获胜告终。

1988年："安法尔"行动：对部分伊拉克人民——库尔德人组织施行的种族灭绝大屠杀。

1990年8月2日：伊拉克入侵科威特。国际上的反应导致第一次海湾战争。战争于1991年2月28日终止。

1991-2003年：伊拉克遭到国际禁运，导致灾难性后果。尽管有联合国的"石油换食品"计划，据说还是死了一百多万人。

2003年3月20日：2001年9·11事件后，作为反恐斗争的一个环节，美国及其盟国未得联合国授权入侵伊拉克。

2003年4月9日：巴格达陷落。

2003年5月1日：这场闪电式的第二次海湾战争正式结束。

2004年6月28日：全国主要地区正式得到平定，政权移交过渡政府，然而，伊拉克仍然面临反政府武装团体的各式各样的暴力活动。

2006年12月30日：经审判，萨达姆·侯赛因被处以绞刑。

就在谋杀和游击活动日益增多的时候，大多数联盟成员撤出军队。美军于2007年得到增援。

附录 2

译后记

书译完了。累得不想说话，只想躺下来睡三天。然而，心却难以平静。从来还没有一本书让我译完以后，心情那么沉重，脑海里翻腾着那么多的问题，让我久久不能平息。

萨德的故事是真实的，悲惨的，作者用饱含着人情味的笔触把它呈现在我们面前。这是又一部史诗，是我们这个时代的《奥德赛》。荷马的《奥德赛》讲述的是尤利西斯回家的经历，施密特的《奥德赛》描绘的却是萨德离家的遭遇。

回家总是件高兴的事情，就为了那一点点温馨，向家人说说自己的成绩，听听家人的宽慰，看看老家的发展，就能得到最好的休息；甚至，我老了，就想跪在妈妈坟前，默默地念叨几句。每次回家前，我都会兴奋几天，而到要离家的时候，真想害一场病，走不成了才好。

可是，萨德要离家，去遥远的地方，也许永远都回不来了，可他还得走，千方百计地走，离开他的家，他的故乡，为什么？因为故乡已经没有了希望。这种悲哀是心灵死亡的悲哀，哀莫大于心死啊。

他的希望在英国。

他在意大利遇到了爱情，他没有留下来；他在法国遇到了真心帮助他的人，他也没有留下来；如果仅仅是为了活下去，为了给家里寄钱，他该留下的。不，他还有希望：他想去英国，凭着他的英语，完成他的学业，当一名律师或者医生。

口袋里没一个第纳尔，让他怎么越过这千山万水？他只好为不法分子打工，干违法的事情，接受黑社会的盘剥。最后，不法分子没有完全实践自己的诺言，把他们当牲口运送，甚至连牲口都不如。

路上经过三片海洋：红海、地中海、英吉利海峡，不是被海岸警卫截获，便是遭遇风暴，海浪吞没了他绝大部分同伴。为了希望，他不只是忍受饥渴，还忍受着恐惧和悲哀。

最大的困难是过关，过海关，也就是越过边界，海关人员是边界的守卫者。有领土就有边界，这是合情合理的事。有边界就得尊重边界，这也是无可厚非的。然而，作者通过人物的口道出了：人都是移民，谁的祖先就是这个地方的人？人类历史就是边界移动的历史，最早以村落为界，后来扩大到氏族，然后部落，然后民族、国家，现在还有好几个国家联合在一起的，总有一天，边界要消亡。

这就是世界大同吗？这一天会来吗？是不是空想？它的基础是什么？怎样才能做到，或者说怎样做才能让这一天早点儿来到？

移民们但愿没有边界。然而，如果在自己出生的地方能够幸福地生活，甚至只是安然生存，谁还愿意移民？中国人有句老话叫“金窝银窝不如自己家里狗窝”嘛！除非在另一个地方能更好地发展，而这另一个地方对这种移民应该是欢迎的，因为，他将能帮助那里的发展。

边界会消亡，但绝对不是明天就消亡，明天上午消亡了，下午，鬼子非进村不可。但是，边界政策可以宽松一些，特别是对我们的同胞，以前，不管是用何种方式移民出去的，也不管他加没加入外国国籍，更不管他现在的政见如何，欢迎回来，来去自由；他们要叶落归根也可以。毕竟，血浓于水。相信只要他们看到祖国现在的变化、现在的成就，他们也会变的。这也是我们的自信啊！

不要悲哀，让希望留在祖国吧，这是我们祖祖辈辈生活的地方啊！

译者

于武昌　东湖名居

2012年7月31日